MINDENKI GYERMEKE

CATHY MCGOUGH

Stratford Living Publishing

Szerzői jog Copyright © 2015 a Cathy McGough

Minden jog fenntartva.

Ez a változat 2024 novemberében jelent meg.

E könyv egyetlen része sem sokszorosítható semmilyen formában a kiadó vagy a szerző írásos engedélye nélkül, kivéve az Egyesült Államok szerzői jogi törvényei által megengedett módon, a Stratford Living Publishing kiadó előzetes írásbeli engedélye nélkül.

ISBN PAPÍRKÖTÉS: 978-1-998480-73-9

ISBN ebook: 978-1-998480-74-6

Cathy McGough a szerzői jogról, formatervezési mintákról és szabadalmakról szóló 1988. évi törvény alapján érvényesítette jogát arra, hogy e mű szerzőjeként azonosítható legyen.

Cover art powered by Canva Pro.

Ez egy fikciós mű. A szereplők és a helyzetek mind fiktívek. A hasonlóság bármely élő vagy halott személlyel pusztán véletlen. A nevek, szereplők, helyszínek és események vagy a szerző képzeletének termékei, vagy fiktívek.

MIT MONDANAK AZ OLVASÓK...

AZ USA-BÓL:

„Cathy McGough Mindenki gyermeke egy olyan pszichológiai thriller, amely egészen a meghökkentő végkifejletig elgondolkodtatja az olvasót."

„Hűha, egészen biztosan nem számítottam és nem is tudtam volna megjósolni ennek a történetnek a végét."

„Jól felépített, cselekményvezérelt történet."

„Annyi csavar és fordulat volt, és amikor már mindent kitaláltál, a szőnyeget kirántották alólad."

„A könyv felénél megdöbbentem, ami miatt tényleg elgondolkodtam, hogy MIÉRT?"

AZ EGYESÜLT KIRÁLYSÁGBÓL:

„Egy olyan feszesen megírt történet, amely nagyot üt."

„Azt hittem, hogy már mindenre rájöttem, de nagyot tévedtem."

„Élvezetes olvasmány, néhány meglepő fordulattal az út során."

KANADÁBÓL::

„A cselekményt izgalmasnak találtam, és élveztem a könyv végigolvasását."

„Könnyen olvasható, gyors tempójú, és érdekes előzményekkel rendelkezik."

INDIÁBÓL:

„Egy jól megírt, élvezetes thriller."

TARTALOM

DEDIKÁCIÓ	XI
POEM	XIII
FEJEZET 1	1
FEJEZET 2	6
FEJEZET 3	9
FEJEZET 4	13
FEJEZET 5	15
FEJEZET 6	18
FEJEZET 7	20
FEJEZET 8	22
FEJEZET 9	24
FEJEZET 10	25
FEJEZET 11	37
FEJEZET 12	44
***	47

FEJEZET 13	49
***	57
FEJEZET 14	62
FEJEZET 15	65
***	67
***	70
***	72
FEJEZET 16	74
FEJEZET 17	77
FEJEZET 18	79
FEJEZET 19	83
FEJEZET 20	86
FEJEZET 21	90
***	93
FEJEZET 22	96
***	99
FEJEZET 23	103
***	106
***	107
FEJEZET 24	115
FEJEZET 25	118

FEJEZET 26	123
FEJEZET 27	129
FEJEZET 28	131
FEJEZET 29	133
FEJEZET 30	135
FEJEZET 31	142
***	146
FEJEZET 32	150
FEJEZET 33	155
***	161
***	165
FEJEZET 34	166
FEJEZET 35	168
FEJEZET 36	170
FEJEZET 37	174
FEJEZET 38	176
FEJEZET 39	178
***	183
***	185
***	187
FEJEZET 40	189

FEJEZET 41	193
***	199
FEJEZET 42	201
FEJEZET 43	203
FEJEZET 44	205
FEJEZET 45	207
FEJEZET 46	209
FEJEZET 47	211
FEJEZET 48	213
FEJEZET 49	215
FEJEZET 50	216
FEJEZET 51	218
FEJEZET 52	219
FEJEZET 53	220
FEJEZET 54	222
FEJEZET 55	224
FEJEZET 56	228
FEJEZET 57	231
FEJEZET 58	233
FEJEZET 59	235
FEJEZET 60	237

FEJEZET 61	239
FEJEZET 62	240
FEJEZET 63	242
FEJEZET 64	243
FEJEZET 65	247
FEJEZET 66	251
FEJEZET 67	253
FEJEZET 68	255
EPILÓGUS	261
KÖSZÖNÖM!	263
A SZERZŐRŐL	265
SZINTÉN A	267

A gyermekekért.

POEM

A PAPÍRBABA
Szerzői jog © 2013 a Cathy McGough

A papírbaba összegabalyodott a szél örvényében.
Érzelmektől megfosztva forog és pörög.
Körbe-körbe, balerina-szerű piruetteket forgat.
Visszapillantva az élet kudarcaira és megbánásaira.
Kétségbeesetten próbál kiszabadulni a karmai közül.
A fülébe a szél suttogja a nemi erőszakot.
A papírbaba végtagról végtagra szakad.
Pusztán emléke annak, ami lehetett volna.
Nem érez fájdalmat, mert ő még csak egy gyerek.
Nem érez semmit.
Hallgasd a gyerekek sírását, ahogy forgolódnak álmukban.
Védd meg őket az élet forgószélétől.
Fussatok, gyermekek, fussatok, nincsenek láncok, melyek többé megkötöznek benneteket.
Védd meg őket az élet forgószélétől.

FEJEZET 1

BENJAMIN

A tizenhét éves Benjamin lelkiismeretes alkalmazott volt. Különösen azóta, hogy otthagyta a középiskolát. Naponta kétszer, a hét hat napján járt a bankban. Reggelente, készpénzért. Délután, hogy befizesse az aznapi bevételt. Az oda- és visszautazás eseménytelen volt: egészen addig a bizonyos reggelig.

Ami megragadta a tekintetét, az egy nő volt. Magas sarkú cipőjében úgy tűnt fel, mint egy manöken a tengerparton. A táskáján és a napszemüvegén lévő aranycímkék visszaverték a fényt, amitől az úgy pattogott és mozgott, mint a szentjánosbogarak. Ujjatlan fekete ruhájának vállán egy piros sál húzódott.

Benjamin tekintete követte a sál áramlását, amíg el nem érte a nő kinyújtott karjának végét. Hozzá volt csatolva egy kislány, aki igyekezett lépést tartani vele. A gyermek, talán hétéves lehetett, karja is hátranyúlt. Hozzá volt csatolva egy dolog: egy gangos, életnagyságú baba. Kétszer is megnézte, mert a baba arca és a gyerek arca szénmásolat volt. Aztán észrevette, hogy a baba kinyújtott karja is hátranyúlt - a semmi és senki felé. Az izé gangos lábai és cipője végigcsoszogott a járdán, és felhozta a hátát.

Kíváncsiságtól hajtva követte a furcsa triót, ahogy befordultak a sarkon, útban az Ontario-tó vízparti sétánya felé.

A nő megállt, megrántotta a vonakodó követő karját, majd felvette a tempót. A kicsi a földre botlott, anélkül, hogy elengedte volna a babája kezét. Feltápászkodott, de csak azért, hogy egy hátsó pofont kapjon az arcára. Egy pofon, amelynek hangjától összerezzent, mert mintha visszhangzott volna.

A nő gyorsan lépkedett, ahogy a gyerek csipogása sikolyba csapott át. Hátradőlt, és a gyermek fülébe súgta: eredmény néma könnyek.

Ujját a segélyhívó gyorshívóra helyezve felmérte a helyzetet. Ha felnőtt férfi lenne - adta volna meg a magáét. Ehelyett tovább követte őket. Figyelte őket. Lépkedett, vajon mi lehet a nagy sietség?

A hátul foghíjas vigyorral ugráló babától kirázta a hideg, ezért átment az út másik oldalára. Továbbra is figyelte a furcsa triót. Különösen azt, hogy a nő piros sálja milyen kontrasztban állt hollófekete hajával és ruhájával. A nő olyan oda nem illőnek tűnt, mintha egy magazin fotózására tartana két gyerekkel a hátán.

Várjunk csak egy percet. A babafajta ismerősnek tűnt. A főnöke, Abe néha hasonló babákat rendelt

a boltján keresztül. Általában a karácsony előtti hónapokban.
A babákat Európából tervezték és szállították. Minden megrendeléshez szükség volt a gyermek fényképére. Ennek kellett az arcszínt, a hajat és a szemszínt reprodukálnia. A fénykép hátoldalán olyan részleteket jegyeztek fel, mint a magasság, a súly és a cipőméret.
Ekkor vette észre, hogy a kislány miért küszködik. A lábán csillogó szandált viselt, olyat, aminek a bokaszalagja körbe van tekerve. Ahogy a szandálok szoktak lenni, csinosak voltak, de gyors tempójú gyaloglásra alkalmatlanok. Az ikerlány számára a szandál nem jelentett problémát, ahogy a babát végighúzták a járdán.
Mire az első parki padhoz értek, a nő megnyugodott. Nevetve segített a kicsinek levenni a hátizsákját. Aztán gondoskodott róla, hogy kényelmesen elhelyezkedjen, mielőtt a babával foglalkozott volna. Meghajlította a lábát, és ülő helyzetbe támasztotta.
Közelebb lépett, és addig fotózta a vízpartot, amíg a telefonja meg nem rezgett. Abe volt az, aki ellenőrizte, hogy mi van vele.
„Hol vagy?" Abe sms-t küldött. Abe Benjamin főnöke és főbérlője volt. Abe ragaszkodott a rutinokhoz.
„Sorakozó, B minél előbb visszajövök" - írta a fiú.
Abe válasza egy hüvelykujj fel emoji volt.
A nő letérdelt, így szemtől szembe volt a gyerekkel.
A tinédzser teljes panorámaképet készített az Ontario-tó égboltjáról a CN-toronytól Burlingtonig.

„Drágám, elfelejtettem a pénztárcámat - simogatta meg a nő a gyerek kezét. „Mindjárt jövök, ígérem".

A gyerek csendben maradt, a szandálját babrálta.

„Fáj a lábad, drágám? Sajnálom, hogy sietnünk kellett. Itt pihenhetsz, és mire visszajövök érted, már nem lesz semmi bajod. Csak várj itt, jó?"

A gyerek bólintott, és leengedte a lábát. Mivel nem tudta megérinteni a földet, mozdulatlanul maradt.

„Amíg távol vagyok, ne mozdulj el erről a padról." Körülnézett. „És ne beszélj senkivel. Ne feledd, van egy titkos szavunk. Tudod, mi az? Pszt, ne mondd el nekem. Emlékszel rá, ugye?"

„Mi van, ha - suttogta a gyerek - pisilnem kell"?

„Tartsd vissza, amíg vissza nem jövök. Nem tart sokáig. Minél hamarabb megyek, annál hamarabb jövök vissza." Felállt, és kiegyenesítette a hátát.

A kicsi megragadta a karját: „Ugye nem felejtesz el, ugye, anyu? Mint a múltkor?"

Az asszony felsóhajtott és suttogott.

„Drágám." Megsimogatta a lánya kezét. „Kilencvenkilencszer jöttem érted időben az iskolából, és te mindig emlékszel arra az egy alkalomra, amikor elkéstem." Mély levegőt vett, majd hátralépett.

„Sajnálom, anyuci."

A tinédzser egy közeli padon ült, és a fényképeket lapozgatta. Felnézett, amikor a nő megfordult. Az arckifejezése most még gyermekibbnek tűnt, az állát előrevetette.

„Ezúttal tudom az utat hazafelé" - mondta a lánya vigyorogva.

A nő felszisszent, visszafordult, és megölelte a lányát. „Most mennem kell, kicsim".
„Nem vagyok kisbaba."
„Tudom, hogy nem vagy az. Várj itt, várj meg engem. Mindjárt visszajövök. Esküszöm a szívemre." A lány mímelte a szívkeresztet, majd elsétált.
„Hamarosan találkozunk, anyu" - mondta a gyerek. Kihúzta a nyakát, és figyelte, ahogy a szakadék nő közte és az anyja között.
A tinédzser könnyes szemmel nézte. Végül is jó anya volt, vagy jobb, mint amilyennek gondolta.
Az anya megfordult, és puszit adott a kislányának, majd tovább sétált.
A telefonja ismét rezgett. Abe. El kellett mennie a bankba.
A gyerek kibontotta a hátizsákját, elővett egy könyvet, és olvasni kezdett. Egy-két percig figyelte a lányt. Aranyos volt, ahogy mozgatta az ajkát, hogy kimondja a szavakat.
Megnézte az óráját. Most már biztosabb volt benne, hogy az anyja vissza fog térni, ahogy ígérte, és elindult a bankba.
Csak így tudta megakadályozni, hogy Abe megkeresse őt. Ha Abe-nek ki kellett jönnie az üzletből, hogy megkeresse...
Nem akart erre gondolni.

FEJEZET 2

JENNIFER WALKER

Amikor már néhány méterre volt tőle, Jennifer visszapillantott a lányára, aki az utasításnak megfelelően a padon maradt. Utálta otthagyni egyedül, de mi más választása volt azok után, amit tett? Kinyitotta a telefonja kameráját, és készített egy fényképet a lányáról. A képen a kislánya látszott, akit a kék égbolt és az Ontario-tó még kékebb vize keretezett. Mivel a lánya nem mozdult, abba az irányba fordult, ahonnan jöttek.

Miközben visszafelé tartott, a társára, Mark Wheelerre gondolt. Egy ideje már járt vele, bár tudta, hogy a férfi már nős.

A legtöbbször, legalábbis amikor nyilvános helyen voltak, vagy amikor a lánya a közelben volt, a férfi kedves és gyengéd volt.

De más volt a férfi, amikor kettesben voltak, és a szex volt a téma. Igaz, néha élvezte a kötöttségeket, sőt, még egy kis erotikus elfenekelést is. Az erotikus fojtogatás azonban túl messzire vitte a dolgokat. Az érzés, ahogy a víz alá kerül, lefelé, lefelé, lefelé. Úgy kapkodni a levegőt, mintha soha többé nem találna rá, ez volt az, ami megrémítette. Ezért ezúttal letette a lábát, és visszautasította a dolgot. Mark ment előre, és megtette magával, amíg ő elment zuhanyozni. Mire visszatért, a férfi már halott volt. Túlságosan megijedt ahhoz, hogy még a műanyag zacskót is levegye a fejéről. Ehelyett a lánya szobájába ment, és ott töltötte az éjszakát, reggel pedig első dolguk volt, hogy elhagyják a házat.

Csörgött a telefonja, végre ő volt az. „Segítened kell nekem" - mondta. „Nem tudok máshoz fordulni."

„Mark az?" - kérdezte a barátja, egyben Mark sofőrje, Poncho.

A nő zokogott. „Igen."

„Oké, mindjárt megyek. Úgy tizenöt percnyire vagyok. Tarts ki."

Hogy elterelje a figyelmét, egy emlék ugrott be neki Katie újszülött koráról, ahogy újra átélte az első alkalmat, amikor a kezében tartotta. A lánya volt a legapróbb, legpuhább, legszebb kisangyal, akit valaha látott. Olyan gyorsan nőtt fel. Jennifer gyűlölte, hogy egyedül hagyja a lányát a vízparton, de meg kellett szabadulniuk a holttesttől. Különösen Marknak a közösséghez és a drogvilághoz fűződő kapcsolatai miatt. Még ha el is mondta volna nekik az igazat, sosem hittek volna neki. Mark apjának zsákszámra volt pénze - és ő nem kockáztathatta, hogy börtönbe kerüljön. Mi történne a gyerekével?

Nevetett, és arra gondolt, hányszor vádolta meg az anyját azzal, hogy ostoba dolgokat csinál olyan férfiakért, akik nem érnek annyit. Felnézett az égre: „Anya, sajnálom, mivel ez a dolog, amit tettem, viszi a prímet". A történelem mindig megismételte önmagát. Ettől a tudattól nem érezte magát jobban.

Ne ostorozd magad, te ostoba bolond, gondolta. Visszamegy Katie-ért, mielőtt észbe kapna. Különben is, a hátizsákjában volt a lányának egy könyve. A babától, amit Katie Jr. néven neveztek el, miközben a lánya próbálta kitalálni, mi legyen a neve, kirázta a hideg. Ő adta neki. Vett neki egy másik babát, azt pedig a kukába dobta.

Már majdnem otthon volt, amikor Jennifer észrevette, hogy egy fehér furgon várakozik a felhajtón. Poncho behúzta a kocsit a garázsba, majd becsukta a garázst. Belépett a bejárati ajtón, és beengedte Ponchót, remélve, hogy a kíváncsi szomszédja az utca túloldalán mással van elfoglalva.

FEJEZET 3

KATIE

Miután kétszer is elolvasta a könyvet a babájának, Katie eltette. Figyelte a sirályokat, ahogy felrepültek, majd olyan gyorsan lefelé repültek, a csőrüket a vízbe nyomva. Néha felpattantak, és egy-egy apró halat vittek a csőrükben. Megtapsolta, amikor ez történt. Nem egyszer az arra járó emberek megálltak, hogy megnézzék, minek tapsol, és csatlakoztak hozzá. Katie kevésbé érezte magát egyedül, amikor ez történt.

„Olyan aranyos" - mondta neki egy fiatal pár. Mivel idegenek voltak, a lány nem szólt semmit, hanem tovább nézte a sirályokat.

Telt-múlt az idő, ahogy a nap apránként haladt lefelé az égen, és egy rendőr megállt. „Minden rendben van?"

Ne beszélj idegenekkel - szólalt meg az anyja hangja a fejében. Pedig a férfi rendőr volt. Olyan valaki volt, akiben megbízhatott a bajban. „Az anyukámra várok. Egy perc múlva visszajön."

A rendőr bizonyára hitt neki, mert megemelte a kalapját, és továbbment.

„Köszönöm" - mondta a lány, remélve, hogy az édesanyja felé sétál. Behunyta a szemét, majd újra kinyitotta, más eredményt remélve. Nem volt ilyen szerencséje.

Katie a piros ruháját lapította elölről. Kicsit megemelte az ujját, ahol a gumi becsípte, és nyomot hagyott rajta. Előre és hátra hintázott. A puszta mozgástól a szandálja bokarésze összeszorult, ezért abbahagyta a lábmozgást.

Tegnap este Mark és anyu betakargatta az ágyába. Aztán zajokat hallott. Amikor hangosak voltak - kiabáltak -, az ijesztő volt, de nem elég ijesztő ahhoz, hogy ne tudjon elaludni.

A mamája mindig azt mondta: „Katie, te egy tornádót is át tudnál aludni". Ez megnevettette őt.

Amikor ma reggel elmentek otthonról, anyu azt mondta, hogy Mark alszik. Ezért kellett gyorsan felöltözniük és elhagyniuk a házat.

Amikor a függönyök átvonultak az utca túloldalára, Katie azt mondta: „Már megint nézelődik, mami".

„Ne aggódj amiatt a kíváncsi vén denevér miatt" - mondta az anyja, és húzta magával a lányát, miközben a baba hozta a hátát.

Mark nem volt Katie igazi apja, de gyakran átjött hozzánk. Néha vett neki dolgokat, például a babáját. Amikor itt volt, az anyja eleinte boldog volt. Aztán elment, és az anyja azt mondta, hogy soha többé nem jön vissza. De mindig visszajött.

A kislány állandó zavarodottságban élt. Férfiak jöttek és mentek. Mégis szerette a babát, aki az ikertestvére volt.

A probléma az volt, hogy mi legyen a neve. Nem hívhatta Katie Two-nak, mert az ikreknek nem lehet azonos keresztnevük. Bár már egy ideje megvolt neki, a baba még mindig névtelen maradt.

A gyereknek legtöbbször nem hiányzott, hogy apja legyen. A gyerekeknek gyakran nem hiányzik valami, ami sosem volt. Egészen addig, amíg a társadalom nem emlékezteti őket - például egy apák napi ebéddel az iskolában.

„Leszel az apukám az iskolában az apák napi ebédre?" Katie megkérdezte Markot.

„Nagyon szívesen, drágám" - válaszolta.

„De Mark nagyon elfoglalt ember" - mondta az anyja.

Amikor eljött az apák napja, Katie volt az egyetlen gyerek, aki nem volt ott senki nélkül. A többi gyerek, akinek nem volt apja, nagyapát, testvért vagy nagybácsit hozott magával. Katie, akinek ezek közül sem volt egy sem, még jobban el volt keseredve.

Amikor Katie sírva fakadt a vacsoraasztalnál, az anyja felhívta az igazgatót. Követelte, hogy az iskola tiltsa be az apák napi rendezvényeket.

Katie nem akarta, hogy mindenki számára töröljék. Csak azt akarta, hogy befogadják. Ha Mark ott lett volna, mindenki számára minden rendben lett volna.

Egy sirály csapott le a közelben. A madár a szárnyai közé kakilt, és egy emléket hagyott maga után. Összefröccsent a gyerek és a baba ruháján.

Katie előbb letörölte a könnyeket a szeméből. Aztán ugyanezt tette a babával is.

Azt kívánta, bárcsak az anyja sietne vissza.

FEJEZET 4

BENJAMIN

Késő délután volt, és Benjamin a bank felé tartott. A vízpart irányába pillantott: a gyerek még mindig ott volt! Igaza volt az első megérzésében - az anyja szégyenteljes szülő volt. Egy kislányt egész nap egyedül hagyni a vízparton, az elhagyatottság volt. A férfi a partra sietett. Meg kellett szabadulnia a napi bevételtől, mielőtt a bank bezár. Ahelyett, hogy megkockáztatta volna a várakozást, inkább bedobta a pénzt az automatába, majd visszatért, hogy megnézze a kislányt.

Abe már kétszer is üzent neki, hogy *hol vagy?* Eleinte izgalmasnak találta, hogy megismerteti Abe-t a technológiával, de most már csak idegesítő volt. Nem mintha Abe bizalmatlan lett volna Benjaminnal szemben. Valójában a férfi és a felesége voltak Benjamin törvényes gyámjai. Bár Abe az emberekkel foglalkozott, árukat árult a közönségnek, nem volt egy emberbarát.

„Kéne 2 t/c valamiből[az első]" - válaszolta a tinédzser.

„Okie, dokie" - válaszolta Abe. „Ki kell hívnom a feleségemet a konyhából, hogy segítsen!"

Kuncogott, mielőtt elküldött volna egy megfelelő emojit, miközben visszament, hogy megnézze a kislányt.

FEJEZET 5

KATIE

Katie a parkban maradt a padon. A horizonton látta, hogy a nap már lemenőben van. Későre járt. Az anyja elfelejtette őt - megint. A gyereknek vizelnie kellett, és azon gondolkodott, hogy hazasétál. Ismerte az utat, de nem volt kulcsa. Azt kívánta, bárcsak a futócipőjét vette volna fel, vagy kevésbé csipős szandálját.

Nem akart kint lenni, amikor besötétedik. Még most is elképzelte, hogy árnyékok alakulnak ki körülötte, amelyeket a felhők tükröződései hoznak létre. Amikor egy varjú károgott, felugrott és összerezzent. Egy katicabogár kúszott fel a lábán, a ruhájára. Az ujjához emelte, és hagyta, hogy felsétáljon a karján, amíg sárga csíkot nem hagyott maga után járás közben.

„Semmi baj", suttogta a rovarnak,»mindenki pisil«. Letette a szép piros bogarat a padra, és elrepült.

A gyomra korgott, a táskájában matatott, és előhúzott egy olvadt mini-Kit-Katot. Nagyon finom volt az íze, de nagyon szerette volna, ha nem mini lenne, és remélte, hogy az anyja hamarosan hazajön.

A gyerek úgy tett, mintha megetette volna a babát, aztán visszament olvasni.

Már annyiszor elolvasta a könyvet, hogy a gondolatai visszatértek a nap korábbi szakaszába, amikor az anyja közölte vele, hogy ma nem megy iskolába.

„Miért?" - kérdezte. „Én iskolába akarok menni."

„Ma a vízpartra megyünk. Megnézzük a madarakat, hallgatjuk a hullámokat, és később elmegyünk a kávézóba babakajáért."

„Már nem vagyok baba" - tiltakozott Katie.

„Tudom, hogy nem vagy az, de nem szereted még mindig a Baby Chinót?"

A kislány kidugta az állát, és Baby Chinosra gondolt. Most már nagylány volt, és amikor az anyukája érte jött, akkor inkább egy extra nagy epres turmixot rendelt.

„Olyan jó móka lesz!" - visszhangzott a fülében az anyja hangja.

„Olyan jó móka" - ismételte a gyermek. Aztán a gondolatai elkalandoztak: „Elhozhatom őt?". Katie megkérdezte. Ez a babájára vonatkozott.

„Igen, viheted, feltéve, hogy végigviszed őt oda és vissza. És ne feledd, a hátizsákod is rajtad lesz."

„Oké, anyu, úgy lesz." Katie átdugta a karját a hátizsák pántjain, és átkarolta a baba derekát.

Felette egy V alakú kanadai lúdcsoport dudált az égen. Észrevette, hogy a nap egy kicsit lejjebb ment.

Megborzongott, és a sajátjába fogta a baba kezét, amikor lépések közeledtek. Egy olyan személyhez tartoztak, akit meglátva rájött, hogy nem fiú vagy férfi - valahol a kettő között van. Összefonta a karját maga körül. Ahogy a nap egyre mélyebbre süllyedt, és azt kívánta, bárcsak lett volna pulóvere vagy kabátja. Megfigyelte, hogy a fiú/férfi egyiket sem viselte. Fekete pólójának elején egy szikla volt, alatta pedig a ZOOM! felirat emlékeztetett az azonos nevű tévéműsorra. A fiú/férfi arca és karja aranybarna volt. Fekete farmert és futócipőt viselt.

Közeledett a sötétség, és azt kívánta, hogy az anyja térjen vissza, és vigye haza újra. Addig is azt kívánta, hogy a fiú/férfi mondjon neki valamit, bármit.

Bár nem szabadott volna idegenekkel beszélnie, valakinek a hangja, amikor így érezte magát, megnyugtatta volna. Bár a fiúnak/férfinak több mint valószínű, hogy ugyanezt mondták - ne beszéljen idegenekkel.

A másik dolog az volt, hogy ha mégis beszélne hozzá, valószínűleg sírna. Nem akarta, hogy azt higgye, hogy kisbaba, mert ha mégis, akkor hívna egy rendőrt, és kiderülne, hogy nem ez volt az első eset, hogy az anyja elfelejtett érte menni.

Felemelte a könyvét, és falnak használta, hogy a fiú/férfi ne lássa a potyogó könnyeit.

FEJEZET 6

BENJAMIN

Elsétált mellette, hátha a lány megszólítja, egy szót sem szólt, de olyan szomorúnak tűnt, aztán elbújt a könyve mögé. Tovább sétált, aztán elbújt a lány mögé a bokrok közé, hogy szemmel tarthassa anélkül, hogy a lány észrevenné.

Egyszer, emlékezett, amikor a többi gyerekkel kint játszottak, egy férfi ment el mellette. Megállt, és beszélt az egyik kislánnyal, majd visszatért a kocsijával, és megpróbálta rábeszélni a lányt, hogy menjen be. Benjamin elszaladt, és elmondta a nevelőszüleiknek, mi történt. Még a rendszámot is megjegyezte, ami lehetővé tette számukra, hogy bejelentést tegyenek a rendőrségen.

Ez volt azon kevés alkalmak egyike, amikor hallgattak rá, és a többi gyerekkel együtt eltiltották attól, hogy az előkertben játsszanak.

Ez a kislány szörnyű helyzetben volt, és hamarosan még rosszabb lesz, amikor teljesen besötétedik. Igen, volt egy utcai lámpa a pad közelében, de ez még sebezhetőbbé tette a lányt. Olyan feltűnő volt, mint egy világítótorony a viharban. Megsimította a kezét az örökzöld bokron. A karácsony édes illata felidézte az elmúlt idők emlékeit. Mint az első karácsony Abe és El otthonában. Több ajándékot kapott tőlük, mint az összes eddigi karácsonyán együttvéve.

Megrázta a fejét, és azon gondolkodott, hogy hívja-e a rendőrséget? Nem, inkább várt még egy kicsit. Azt akarta, hogy tévedjen. Azt akarta, hogy az anyja visszajöjjön érte. Úgy döntött, ad még egy kis időt a lánynak.

Elválasztotta az ágakat, karcos tűleveleiktől viszketett.

Benjamin anyja és apja soha nem hagyta volna így magára. Szándékosan nem. Meghaltak, amikor még kisfiú volt, árvává tették - önhibájukon kívül. Balesetek történtek, igen, tudott a balesetekről. Egy baleset mindent megmagyarázna.

A kislány fázott, és reszketett, ahogy a nap egyre mélyebbre süllyedt a horizonton.

Mivel nem volt kabátja, amit felajánlhatott volna neki, csak egy barátságos arcot tudott nyújtani, de előbb ki kellett találnia egy A tervet. És amikor ezt már szilárdan a fejében tartotta, szüksége volt egy B tervre. Guggolt a bokrok mögé gondolkodni.

FEJEZET 7

KATIE

Huss, huss, hallotta, ahogy a szél csiklandozta a fákat, ahogy a nappal éjszakába fordult. Zajokat hallott maga mögött, de félt megfordulni. Ehelyett megragadta a baba másik kezét, és mindkettőt a mellkasához szorította.

Eszébe jutott egy alkalom, amikor az anyja úgy döntött, hogy megleckézteti őt. A moziban voltak. Azt mondta, hogy vesz még popcornt.

„Ne szólj senkihez, és ne fordulj meg".

„Oké, anyuci."

A hátsó sorból, amit Katie nem tudott, az anyja figyelte őt. Ő és egy másik férfi, nem Mark, megvárták, amíg a lány megfordul.

„Ha!" - szidta az anyja.

„Á, hagyd őt békén" - mondta az anyja párja, amikor Katie sírva fakadt.

Később elhagyta a színházat, és taxival kellett hazamenniük.

Katie anyja megígérte, hogy soha többé nem játssza ezt a játékot. A lány átkarolta magát.

FEJEZET 8

BENJAMIN

Miután fejben kidolgozta az A és B tervet, átgondolta, mit fog mondani. „Minden rendben lesz" - suttogta magában. Nem, ez elcsépelten hangzott. „Elviszlek egy biztonságos helyre" - suttogta, vajon megijedne tőle? Elvégre ő egy idegen volt. Kényes volt a helyzet, és nem akart rosszat mondani.

Ugyanakkor a saját biztonságára is gondolnia kellett. Ő egy tinédzser volt, aki későn kint volt, egy nyilvános parkban. Egy kislányt figyelt - ügyelve arra, hogy ne essen baja. Mások félreérthetik a jelenlétét.

Arról nem is beszélve, hogy a nyilvános helyeken egyedül lévő fiúk mindenféle helyzetbe kerülhettek. Különösen, ha a csomagok
ha egy csapat fiú jönne, és rá akarna ugrani, vagy verekedést akarnának okozni.

Egyszer, nagyon régen, könyörtelenül üldözte őt egy ilyen csőcselék - csak azért tudott elmenekülni, mert gyorsabban futott. Ha most erre gondolt, minden rémületet felidézett benne. Magába tekerte a karját.

Időt szabott magának. Ha harminc percen belül senki sem jön érte - suttogta -, akkor beszélek vele.

Amikor a harminc perc letelt, átnézte a terveket. A terv: felajánlotta, hogy segít, és hazakíséri a lányt. B terv, ha a lány nem tudja a címét, felajánlja, hogy elviszi a rendőrségre. Akárhogy is, addig nem hagyta el a vízpartot, amíg ez a szegény kis elhagyott gyerek nem volt valahol, biztonságban.

FEJEZET 9

KATIE

Egyenesen felült, a távolban hallott lépésekre lett figyelmes. Magas sarkú cipő. A szíve megdobbant. Az anyja végre visszajött érte!

Felemelte a babát, és felnézett a fölötte lévő utcai lámpára. Elképzelte, hogy a fény lefelé árad, és felmelegíti őt. Bárcsak előbb gondolt volna erre, hiszen már nem fázott. A képzelet varázslatos dolog volt; a rossz dolgokat mindig el lehetett gondolni.

Eszébe jutottak a többi alkalom, amikor az anyja elhagyta őt. Egyszer ő volt az egyetlen gyerek, aki a nap végén az iskolában maradt. Az egyik tanár észrevette, és bevitte az igazgatóhoz, mintha ő maga tett volna valami rosszat. De nem ő volt.

Később, amikor az anyja érte jött, az igazgató bosszankodott.

Más alkalmakkor az anyja hosszabb időre ismerősöknél hagyta őt. Ez most más volt. Teljesen egyedül volt.

A magas sarkú cipők egyre közelebb kattogtak.

FEJEZET 10

BENJAMIN ÉS KATIE

Benjamin az örökzöld bokorban zizegett, és a kislányt figyelte. Olyan volt számára, mintha a kishúga lenne, még ha korábban nem is találkoztak. Korát meghaladóan bölcs volt. A nevelőszülőknél meg kellett védenie másokat. Egyszer-kétszer veszélybe kellett sodornia magát, mert senki sem hallgatott rá. A telefonjára pillantva mély levegőt vett. A második harminc perc letelt. Aztán elmegy hozzá.

Sarkai kattogtak a járdán.

Kidugta a fejét a bokrok közül, és félreintett egy ágat. Látni akarta a várva várt boldog újraegyesülést. Ez a nő nem az anya volt. Tovább sétált.

Sóhajtott egyet.

Egészen addig, amíg a nő vissza nem fordult, és a padon ülő kislányhoz nem lépett. Lehajolt, és súgott valamit.

„Sajnálom, de nem beszélhetek idegenekkel - mondta Katie hátradőlve.

A nőnek olyan szaga volt, mintha megfürdött volna abban a büdös vörösborban, amit Mami és Mark díszes poharakból ivott. A nő az ujjaival betömte az orrát.

„A nevem Jenny - mondta a nő. „És téged hogy hívnak?"

Nem szólalt meg, helyette továbbra is befogta az orrát, hogy elhárítsa a szagot.

„Túl fiatal vagy ahhoz, hogy egyedül legyél itt kint. Hol vannak a szüleid?" A nő körülnézett, és azt suttogta: „Gyere, mondd meg a neved, akkor nem leszünk többé idegenek."

Benjamin nem hallott semmit, amíg a nő azt nem mondta: „Kelj fel!".

És egy szempillantás alatt ott volt, mintha egy gránátot dobtak volna le.

A Jenny nevű nő kinyújtotta a kezét, és megpróbálta kényszeríteni Katie-t, hogy fogadja el, de az egyik kezével még mindig erősen tartotta az orrát, a másikkal pedig a babájára tapadt.

„Hát itt vagy!" - mondta, és a mutatóujjával csóválta a nő felé. „Mondtam, hogy számolj el tízig, aztán gyere és keress meg!"

„Én", mondta a lány, »sajnálom«.

„Tut" - mondta a Jenny nevű nő, miközben a táskájában babrált, és elővette a telefonját. A füléhez szorította, beszélni kezdett, és elsétált. A sötétben visszhangzott a cipője kattogásának hangja.

„Nem bánod, ha itt várok veled?" - kérdezte. A nő bólintott, és a férfi leült mellé a padra. Amikor a a cipők kattogását már nem lehetett hallani, azt mondta: „PU, most már tudom, miért fogtad az orrod!".

„A szag rossz, de az íze még rosszabb."

„Kóstoltál már bort?" - kérdezte a férfi.

„Egyszer, ez egy titok. Anyu nem tudja."

„A titkod nálam biztonságban van" - mondta. „Ööö, szeretnéd, hogy hazakísérjelek?"

„Várom a mamámat. Nemsokára értem kell jönnie." A hangja megingott, és a lábára nézett.

„Van valaki, akit felhívhatok, hogy érted menjen? Valaki?"

„Nincs. Anyu mindig jön."

„Akkor nem bánod, ha itt várok veled?"

„Ahogy akarod" - mondta Katie.

A trió együtt ült le a park padjára. Egy szőke hajú kislány egy hasonmás babával és egy sötét hajú tinédzser.

„Hogy hívnak?" - kérdezte a lány. „A nevem Katie."

„Én Benjamin vagyok, de hívhatsz Benjinek, ha akarsz."

„Láttam egyszer egy filmet, amiben volt egy Benji nevű kiskutya. Olyan kócosnak tűnt, mint te."

Ujjával megfésülte a haját.

„Ó, nem akartam" - mondta. „Úgy értem, nem nézel ki túlságosan kócosnak."

A férfi felnevetett, és a lány is felnevetett. Egy darabig hallgatták a sziklákra csapódó hullámokat, és nézték a felettük táncoló csillagokat az égen.

A lány megborzongott.

„Ó, te fázol. Bárcsak adhatnék egy kabátot."

„Nem számít, a gondolat számít."

„Igazad van, a gondolat számít. de a gondolatok mögött álló tettek és szándékok is, amelyek inspirálták őket. Úgy értem, a végigkövetés. Érted, mire akarok kilyukadni?" A lány bólintott.

Néhány pillanatig csendben ültek egymás mellett, mielőtt Benjamin újra megszólalt.

„Tudtad, hogy az ellenkezőjét is gondolhatod annak, amit érzel, és ezzel mindent megváltoztathatsz?"

„Tudom, hogy a képzelet hatalom" - mondta a lány felhúzott szemöldökkel. „De hogyan?"

„Á, te szkeptikus vagy?"

„Az lennék?" - habozott a lány. „Mi vagyok én?"

„A szkeptikus olyan ember, aki nem hiszi el, amit hallott - hacsak nincs bizonyítéka. Szeretné, ha megmutatnám, hogyan, hogy mindent megváltoztasson?"

A lány elvigyorodott: „Igen, kérem!"

Így kezdte: „Amikor fázom, énekelek egy dalt a fejemben, ami a fázásnak az ellentéte...".

„Úgy érted, meleg?"

A férfi bólintott.

„Én nem ismerek meleg dalokat."

„Ha nem ismersz meleg dalt, akkor találj ki egyet, így:
Ma nevetségesen meleg van odakint,
A jégkrémem olvad.
Ahogy a nap süt lefelé
Ahogy a nap rám süt.
A csokoládé, mikor olvad.

Még jobb az íze
Ha a nap süt lefelé
Ha a nap olyan melegen süt le."
„Ismerem a dallamot, de más a szövege" - mondta a lány.
„Ah, felismerted, hogy Frère Jacques-nak énekeltem a szövegemet."
„Ez nagyon okos", mondta a lány.
„Most már melegebbnek érzed magad?"
Már nem reszketett, és a libabőr is eltűnt a karjáról.
„Működik!"
Tovább énekelték együtt a dalt, Frère Jacques dallamára. Hamarosan az ételről énekelve mindketten megéheztek.
„Tudsz fütyülni?" - kérdezte.
A lány a lábára nézett. „Nem, de nem is kell tudnom, hogyan - nem, ha ismerem a szöveget."
„Igaz", mondta a férfi.
Visszamentek, és újra az eget nézték. Amikor a lány megtalálta a holdbeli férfit, úgy tett, mintha
letör egy darab sajtot az arcáról. Először Benjinek kínált egy falatot.
„Ez a legjobb sajt, amit valaha kóstoltam."
Beleharapott még egy falatba: „Annyira jóllaktam" - kiáltott fel sóhajtva."
Egy darabig csendben maradtak.
„Milyen messze laksz?"
„Nem messze, de ezekben a szandálokban - csípnek - annak tűnhet. Ráadásul nincs kulcsom."
„Ó, igen, látom, hogy a bokád tényleg piros."

„Különben is, anyukám azt mondta, hogy ne mozduljak el innen."

Keresztbe fonta a karját. „Oké, várunk, de nem biztonságos számunkra, ha sokáig itt maradunk."

„És mi lesz anyukáddal és apukáddal?" - kérdezte a lány, aki most már kezdte újra érezni a hideget, és a fejében a napsugaras dalt énekelte.

„Ők a mennyben vannak."

„Sajnálom" - mondta a lány, és megveregette a férfi kezét.

„Semmi baj, évekkel ezelőtt történt." Elhallgatott, és a napfényes dalt énekelte a fejében. „Van egy ötletem. Eljöhetnél hozzám. Te alhatnál az ágyban, én pedig a nagy kényelmes fotelben. Reggel visszajöhetnénk, és akkor megvárhatnánk anyádat."

„Amikor anyukám visszajön, ha egy centit is megmozdultam - haragudni fog."

„Mindent megmagyarázok. Biztos azt szeretné, ha biztonságban lennél. Nálam biztonságban leszel."

„Ó" - mondta a lány, és körülnézett. „Sötét van."

„Igen, és amikor késő van és sötét - nos, rosszkor rossz helyen lehetsz rossz helyen. Szörnyű dolgok történhetnek."

Keresztbe fonta a karját, most már megint fázott.

„Nem akarlak megijeszteni, de azt hiszem, haza kellene vinnem téged. Talán anyukád már ott vár."

„Nem hiszem, de..."

„Egy próbát megér" - állt fel. „Lássuk, mit szól a babád." Tett néhány lépést, és odahajolt, mintha a baba a fülébe súgott volna. „Ó, igen" - mondta.

„Tudom, de a barátod anyukája biztosan megértené. Hmm. Igen."
„Mit mondott?"
„Ő is haza akar menni. Ez egy szörnyen hosszú nap volt." Aztán a babához: „De Katie lábai nagyon fájnak, itt kellene hagynunk téged, hogy én malacperselyben haza tudjam vinni."
„Nem hagyhatjuk itt. Ő a legjobb barátom."
„És jó barát, aki egész nap itt van veled."
A telefonjára nézett, az akkumulátor hamarosan lemerül. Nem tudta őt és a babát a hátán cipelni. Hívja a 911-et, hogy a rendőrség jöjjön érte? A rendőrőrsre gyalogolni is egy lehetőség volt, de az elég messze volt.
„Tudod az utat, a házadhoz?"
„Azt hiszem, igen."
„Oké, Katie, akkor az A tervet javaslom."
„Mi az, az A terv?"
„Az A terv az, hogy malacperselyben hazaviszlek, így nem kell gyalogolnod, és nem fáj még jobban a lábad. Ha anyukád otthon van, akkor visszajövök és elhozom neked a babádat. Ez neked megfelel?"
„Igen, nekem tetszik az A terv."
„Most pedig a B terv" - mondta. „Ha van A terved, akkor mindig legyen B terved is."
A lány kibontotta a karját, és bólintott.
„A B terv, csak ha anyukád nincs otthon, mehet így vagy úgy."
„Melyik út tetszik majd a legjobban?" - kérdezte, majd megvárta a férfi válaszát.

Újragondolta a lehetőségeket. Hívja a rendőrséget, vagy vigye haza a lányt, és jöjjön vissza reggel? Megmagyarázta.

„Akárhogy is, itt kell hagynom a babámat, igaz?"

„Mi lenne, ha elrejtenénk odaát, az örökzöld bokorba? Olyan lesz, mintha a karácsonyfa alatt várna rád! Aztán reggel visszajöhetünk érte. Olyan illata lesz, mint a karácsonynak, és mindent elmesélhet neked a kalandjáról."

Előrehajolt, és a baba suttogott valamit. „Oké" - mondta a lány.

Egyik része remélte, hogy az anyja otthon lesz. A másik része aggódott, hogy otthagyja a lányt egy anyjára, aki nem vesződött azzal, hogy elhozza őt. El hangját hallotta a fejében. Ne ítélkezz - mondaná. Mint mindig, Elnek - remélte - most is igaza lesz.

El Abe felesége volt. Ők voltak a törvényes gyámjai, a háziurai és a munkaadói. Mivel otthagyta a középiskolát, a legtöbb időt velük töltötte, és tudta, hogy megértik - és segíteni akarnak.

Benjamin lesöpörte a karját, és meghajolt előtte. „Hölgyem, készen áll arra, hogy hazaszállítsuk?"

„Elfelejtettem valamit" - mondta a lány, ajkát duzzogva.

A férfi felvonta a szemöldökét: „Mit felejtettél el?".

„Nem szabad idegenekkel beszélnem."

„Igen, nos, mi már nem vagyunk idegenek. Maga tudja a nevem, én pedig a maga nevét, és örömmel ajánlom fel, hogy visszaszállítom a szerény otthonába." Fél térdre ereszkedett.

„Állj fel!" - parancsolta kuncogva, ahogy a padra állt. Benji megfordult, a lány a nyakába borította a karját, és hamarosan elindultak.

„Várj egy percet" - parancsolta, és a babára mutatott.

„Hoppá - mondta Benji, és felvette a babát. Elrejtette az örökzöld bokrok alá.

„Igazad van - mondta Katie. „Itt tényleg karácsonyi illat van."

„Most már készen állsz az indulásra?"

Miután a lány elmondta, mi az, Benjamin beírta Katie címét a telefonjába.

A lány kuncogott. „Nem bánod, ha felteszek egy kérdést?"

„Nem, csak rajta."

„Személyes, anyukádról és apukádról van szó."

„Nem bánom, már régen történt. Kérdezz nyugodtan."

„Anyu mindig azt mondja, hogy ne legyek túl személyes."

„Nekem nem gond."

„És te, beszélsz velük?"

Meglepődött. Soha senki nem tette fel neki ezt a kérdést. „Nem" - válaszolta.

„Soha, soha?"

„Nem."

„Fordulj meg újra itt." Megfordult. „Nem gondolod, hogy magányosak nélküled?"

„Én", nem tudta, hogyan válaszoljon, így néhány percig nem válaszolt. „Magamra hagytak, egyedül. Baleset volt, de..."

„Azért nem beszélsz velük, mert úgy gondolod, hogy a baleset az ő hibájuk volt?" A lány szorosabban kapaszkodott, a fejét a férfi vállának támasztotta.

„Nem haragszom rájuk. Nem szándékosan hagytak itt, de igen, dühös vagyok."

„Istenre?"

„Mindenkire dühös voltam, aztán találkoztam a Juliusszal. Befogadtak, és otthont adtak nekem. Segítettek nekem új életet építeni. Hogy újra egy család része legyek. Még azt is mondták, hogy nyugodtan sírhatok. Fiúként nem voltam hozzászokva, hogy ez rendben van. Te még kislány vagy, úgyhogy nem kéne rád hárítanom a problémáimat. Azt hiszem, valami másról kellene beszélnünk."

A kisangyal néhány percig nem szólt semmit. Mélyen elaludt.

Hamarosan rájött, hogy a lánynak igaza volt a távolságot illetően. Egyáltalán nem volt túl messze.

Az első dolog, ami rögtön feltűnt neki, hogy a háza teljes sötétségben volt. Remélte, hogy legalább a tornác fénye kigyullad, hogy üdvözölje a gyermeket. Ehelyett az is koromsötét volt, és nehezen tudta megfejteni.

megtalálni a csengőt. Néhányszor megkongatta, de ahogyan várta, nem jött válasz.

Hátralépett, és végigfuttatta a tekintetét az utca két oldalán álló összes környező házon. Ezeket is mind elnyelte a sötétség, bár egy másodpercre azt hitte, hogy a szemközti ház legfelső emeletén megmozdult egy függöny. Mivel nem volt más választása, visszament arra, amerről jött.

A kis Katie nem volt nehéz, de az idő múlásával egyre nehezebb lett, és a lakásához még mindig hosszú volt a séta. Szuperül örült, hogy nem vállalta, hogy magával hurcolja a babát. Remélte, hogy elég biztonságban lesz ott, ahol volt.

Felemelte a fejét: „Észrevetted?".

„Mit?"

„Néha a függöny elmozdul az utca túloldalán. Anyu azt mondja, hogy van egy kíváncsi szomszédunk."

„Ó, én nem vettem észre semmit. De azért kedves szomszédok?"

„Nem tudom. Anyu mindig azt mondja, hogy ne beszéljek idegenekkel."

„Még a szomszédaiddal sem?"

„Igen, különösen a kíváncsi szomszédainkkal."

„Oké, Katie, azt hiszem, most már a B tervnél tartunk."

A lány ásított. „B terv."

„Igen, m'lady" - mondta, és felvette a tempót. A lány a férfi vállán horkolt, miközben megszólalt egy sziréna. Behunyta a szemét, amikor port és papírdarabokat korbácsolt fel a szél. A távolban egy kutya ugatott.

Felemelte a fejét, amikor Juliusék bejárati ajtajához értek. „Itt vagyunk - mondta -, de csitt, El és Abe alszanak. Az én lakásom ott van fent." Felfelé mutatott a lépcsőn. Ahogy felértek, a lány hangosan horkolt. Levette a csipős szandálját, majd betakargatta az ágyba.

Félálomban volt, „Pisilnem kell" - mondta.

Megmutatta neki, hol van a fürdőszoba, aztán bement a konyhasarokba, ahol pirított sajtos szendvicseket és forró kakaót készített nekik.

„Hol vagy, Benji?" - kérdezte, amikor kijött a fürdőszobából.

„Itt vagyok" - mondta Benjamin, miközben egy tálcán vitte a szendvicseket és a kakaót.

Miután evett, Katie a legnagyobbat ásított, és elhelyezkedett, hogy elaludjon. Betakargatta, és észrevette, hogy a lány már mélyen alszik.

Lehúzta a cipőjét és a zokniját, és magára vetett egy takarót a kényelmes fotelben. Ő is pillanatok alatt elaludt.

FEJEZET 11

BENJAMIN ÉS ABE

Reggel, amikor a függönyökön keresztül bepillantott a fény, Benjamin felébredt. Nyújtózkodott, és egy percre elfelejtette, miért alszik a kényelmes fotelben. A takaró lepergett róla, és egy csomóban a padlóra zuhant. Felállt, és bár fiatal volt, a teste fájt. Át kell neveznie a széket, mivel már nem tekintette kényelmes fotelnek.

Kirázta magából a fájdalmakat, majd a tekintete Katie-re esett. A nevét suttogta, bár a lány éppen horkolt. Mintha tudta volna, hogy rá gondol, felemelte a kezét. Arra gondolt, hogy biztosan az iskoláról álmodik. A lány motyogott valami hallhatatlant, leeresztette a kezét, az ablak felé fordult, és újra elaludt.

Benjamin hagyta tovább aludni, nyitva hagyta az ajtót, hogy hallja, ha felébredne.

Miközben távolodott az ajtótól, azon tűnődött, vajon ő is az a fajta gyerek-e – mint ő volt –, aki megijed, ha ismeretlen helyen ébred fel. Mivel a lány említette, hogy az anyja gyakran hagyta őt másoknál - de mindig visszatért érte -, a biztonság kedvéért inkább az óvatosságot választotta.

A fürdőszobában rendbe szedte magát, majd a konyhasarokban felforralta a vízforralót. Megkívánt egy csésze forró, édes teát, és egy kis vajas pirítóst.

Amíg várakozott, a családokra gondolt, és arra, hogy Katie kérdései hogyan kavartak fel néhány megoldatlan kérdést a fejében.

A szülei meghaltak, és árván maradt. Rájött, hogy hibáztatta őket, amiért elhagyták, pedig ez nem az ő hibájuk volt. Mivel nem volt más vér szerinti rokona, nevelőszülőkhöz került. Őt

bezárkózott, elzárkózott ebbe a rendszerbe, miután első alkalommal bántalmazó otthonba került.

Az élmény után a gyászoló gyerekből rettegett gyerek lett. Aztán ahelyett, hogy biztonságos otthonba vitték volna, egy még rosszabbba helyezték át. Aztán egy másikba és még egy másikba. Akkor úgy gondolta, hogy megérdemelte a balszerencsét, de most már tudta, hogy ott kellett volna megvédeni. Ehelyett nem volt senki, akiben megbízhatott volna, és harc vagy menekülés üzemmódba kapcsolt. Mivel túl kicsi volt ahhoz, hogy megküzdjön magáért az otthonokban lévő összes felnőtt és más gyerek ellen, az utóbbit tette. Talán ezért érezte úgy, hogy annyi év után a szüleit kell hibáztatnia, mert valakit hibáztatnia kellett saját magán kívül.

Miután elszökött, utolérték, és ismét egy olyan otthonba került, ahol fizikailag és lelkileg is bántalmazták. Bizonyos esetekben inkább a fizikai bántalmazást részesítette előnyben, mint a lelki bántalmazást. És ismét elszaladt, versengve, hogy soha többé ne bízzon senkiben.

Aztán, pusztán a véletlen folytán összefutott El-lel és Abe-vel. Éppen egy esti sétát tettek, kézen fogva. Idősek voltak, talán kétszer annyi idősek, mint a szülei. Amikor kitárta előttük a szívét, El megölelte. Megetette őt. Abe meghallgatta. El meghívta őt, hogy jöjjön, és aludjon egy jót a vendégszobájukban. Azóta soha nem hagyta el az otthonukat, kivéve, amikor a pótszobából a saját lakásába költözött. Ez a tizenharmadik születésnapján történt.

Miközben megkeverte a teáját, és cukrot tett bele, Katie édesanyjára gondolt. Vajon visszatért? Vajon még mindig ott lesz, amikor Katie felébred? Remélte, hogy igen. Remélte, hogy nagyon boldog lesz, hogy a lánya biztonságban van. Annyira boldog és annyira megkönnyebbült, hogy soha többé nem hagyja magára. De a rossz szülők mindig rossz szülők voltak. A leopárdok nem változtatták meg a foltjukat.

Elképzelte, ahogy Katie anyja megtalálja a bokrok közé rejtett babát. Vajon pánikba esne és hívná a rendőrséget? Az ujjlenyomatai mindenhol ott lennének. Mégis...

nem változtatna semmin, még ha tudna sem, mert csak segíteni akart Katie-nek.

A bögréjét kezében tartva járkált. Talán a rendőrségre kellett volna vinnie a gyereket. Most lehet, hogy bajban találja magát. Még ha a tinédzserek igazat mondtak is, tisztázták magukat - a felnőttek nem hittek nekik. Főleg akkor nem, ha egy másik felnőtt is érintett volt.

Újabb kortyot ivott, amikor valaki kopogott a lakása ajtaján. Julius úr volt az, Abe, a gyámja, a főnöke és a főnöke. „Gyere velem, pszt - mondta, miközben Abe követte őt a lépcsőn a lakásához. Benjamin megmutatta Abe-nek az alvó Katie-t. Mivel a lány lerúgta róla a takarót, lábujjhegyen beljebb lépett, és újra ráterítette. Némán visszatértek a konyhába.

„Ki ez a nő?" Abe megkérdezte.

Benjamin tétovázott, azon töprengve, hol kezdje. „Katie-nek hívják, és az anyja nem gyűjtötte be.

a vízpartról tegnap. Nem tudtam, mi mást tehetnék, ezért idehoztam."

Abe azt mondta Benjáminnak, hogy egyenesen a rendőrségre kellett volna vinnie.

Benjamin megrázta a fejét. „Túl fáradt volt, és túlságosan meg volt rémülve." Felállt, kihúzta az újratöltődő telefonját: „Most már fel tudom hívni őket".

„Várj", mondta Abe. „Gondolkodjunk rajta, most, hogy itt van." Némán kortyoltak még egy kis teát. „Helyesen cselekedtél. Büszke vagyok rád."

„Katie-vel tegnap este megbeszéltük, hogy elvisszük a kapitányságra. Úgy döntöttünk, hogy várunk, adunk még egy esélyt az anyjának ma reggel. A babáját is ott hagytuk. Életnagyságú, az egyik karácsonyi import baba, amit árulnak."

Abe elmosolyodott. „Tényleg? Én nem emlékszem rá, de talán El emlékezni fog rá. Bár biztos vagyok benne, hogy nem mi vagyunk az egyetlen üzlet, amelyik babákat árul."
„Igaz" - mondta Benjamin. „Még teát?"
Abe bólintott, majd egy pillanatnyi csend után. „Azt hiszem, minden szülő megérdemel egy második esélyt, de ha nem jelenik meg ma reggel, akkor hívom a rendőrséget."
Benjamin még több teát töltött Abe csészéjébe. Tétovázott, aztán suttogott. „Ha Katie anyja bejelentette volna az eltűnését, miután idehoztam, akkor engem keresnének. Talán még le is tartóztatnának, ha visszamennék a babáért."
„Várj egy percet" - mondta Abe. „Látott valaki téged?"
„Egy nő, megpróbálta rávenni Katie-t, hogy menjen vele."
„És senki más?"
„Egy rendőr beszélgetett vele rövid ideig a nap folyamán, de nem jött vissza. Nem látott engem vele."
„Nincs értelme a „lehet" és a „lehet" miatt aggódni" - mondta Abe. „Nem hagyhattad ott egész éjszakára. Ez egyenesen hanyagság, nem beszélve arról, hogy az anyja részéről bűncselekmény. Ha nem törődnél a gyerekkel, akkor bűnrészes lennél." Belekortyolt. „Bár helyesen cselekedtél, az említett gyermek elrablása szintén bűncselekmény."
Benjamin zihált: „Én, én, én hoztam ide, biztonságba."

Abe megveregette a tinédzser kézfejét. „Tudom, és ezt te is tudod, de vajon a rendőrség elhiszi majd a történetedet?"

Benjamin állva elhúzta a kezét. Lépkedni kezdett. „Ha felébred, egyenesen oda viszem, ahol az anyja hagyta. Elmagyarázom az anyjának. Meg fogja érteni. Meg fogom értetni vele."

Abe is felállt. Fogta a csészéjét, és kiöblítette. „Ez bátor dolog lenne. De mi lesz, ha a hanyag anya azzal vádol, hogy elvitted a lányát, hogy megszerezze magát.

a bajból? Mármint ha tényleg bejelentette az eltűnését. Gondoltál már arra, hogy mi történne, abban az esetben?"

Benjamin leült, a kezét a feje két oldalára tette. „Akkor mit kellene tennem?"

„Menj a vízpartra, és vedd el a babát. Ha az anyja ott van, akkor az kiváló, hozd vissza magaddal ide. Ha nem, akkor gyere vissza, és hagyd, hogy Miller őrmesterrel lent a kapitányságon elintézzem az ügyet. Emlékszel Alex Millerre?"

„Igen. Köszönöm, Abe."

„Te, aki" - szólalt meg El a földszintről.

„Gyere, nézd meg" - mondta Benjamin - »gyere fel«. Amikor a lány fent volt, a férfi az ajkára tette az ujját: „Pszt". A lány bólintott, és lábujjhegyen besétáltak a vendégszobába, ahol Katie még mindig mélyen aludt.

„Egy gyerek. Mi a fene?"

„Ne aggódj, majd én beavatom a részletekbe. Addig is - mondta Abe - menjetek a vízpartra, amíg a gyerek alszik. Ha az anyja nincs ott, azonnal gyere vissza."
Benjamin bólintott. „Köszönöm, Abe és El. Megyek is."
Abe mindent elmagyarázott a feleségének. „Kíváncsi vagyok, hogy az anya csinált-e már ilyesmit a múltban."
„Én is erre gondoltam" - mondta El.
Közben Benjamin a vízpartra szaladt, ahol felvette a babát. A telefonja rezgett.
„Van valami nyoma az anyának?" Abe sms-t küldött.
„Nincs, de a baba nálam van. Most jövök vissza."
Abe küldött neki egy hüvelykujj felfelé emojit. Elnek azt írta: „Semmi nyoma a gyerek anyjának, és készülődnöm kell a bolt nyitására".
„Itt maradok vele" - mondta El. Leült a székre, miközben Katie tovább aludt. Valamivel később El elment rendbe szedni magát, hogy felkészüljön a műszakjára.

FEJEZET 12

KATIE ÉS BENJAMIN

Katie és a babája egymás mellett ültek egy hatalmas óriáskeréken, és körbe-körbe jártak. Amikor a tetejére ért, megállt, miközben a lábaik a szélén lógtak. A lány a rúd köré erősítette a markát. Egy pillanatra biztonságban érezte magát. Egészen addig, amíg a rúd fel nem oldódott az ujjbegyei között, és a kocsi ringatózni nem kezdett. Hátrafelé és előre, majd oldalra. A távolban felüvöltött a szél, majd egy kutya vonyított. A baba csúszni kezdett. A lány odanyúlt érte, hogy megragadja, a kocsi felborult, ők pedig elestek.

A lány sikított!

Ekkorra Benjamin már visszatért. Berohant a szobába. „Ébredj fel Katie - mondta. „Rosszat álmodtál."

Miután rájött, hogy biztonságban van, Katie átkarolta a férfit, és az életéért kapaszkodott. Amikor a légzése lelassult, ásított, és azt mondta: „Éhen halok!".

„Még jó, hiszen meg vagy hívva reggelizni Abe és El társaságában, gyere!".

Kiléptek Benjamin lakásából, és beléptek a házba. A konyhában Benjamin nyolc tojást dobott egy fazék forró vízbe. Megkérte Katie-t, hogy vegye kezelésbe a kenyérpirítót, mert nyolc szeletre lesz szükségük.

„Imádom a pirítós katonákat!" Katie felkiáltott. Amikor a kenyér megpirult, Benjamin megvajazta. Csíkokra vágta: tökéletes méretűre ahhoz, hogy belemártogassa a folyós tojássárgájába.

„Miről álmodtál?" Benjamin megkérdezte. „Néha jobb megosztani egy rossz álmot. Ha akarod."

„Én, én nem akarok rá gondolni" - mondta Katie, és letelepedett a konyhaasztalhoz.

Mrs. Julius, El, bedugta a fejét a konyhába. „Helló - mondta, és mosolyt sugárzott a lány irányába.

Katie, hátralökte a székét, odaszaladt Elhez, és átkarolta az idegen derekát. Szorosan átölelte, mintha már találkoztak volna.

El hosszan megveregette a fejét, visszaszorítva a könnyeit, aztán az asztalhoz lökte.

Benjamin végignézte, megértette, mit érezhetett Katie. El, olyan arca volt, olyan szeme, amelyből kedvesség, szelídség áradt. Ő maga is azonnal megkedvelte a lányt, és most Katie is így tett.

„Nos, jobb lesz, ha ezt elviszem a boltba, hogy Abe tudjon enni valamit - mondta El. „Tudod, mennyire utál egyedül dolgozni a boltban. A szombat a legforgalmasabb napunk. Ez a finomság szívesen látott meglepetés lesz."

Benjamin az asztalhoz vitte a tojásokat tojástartókban.

El kifelé menet becsukta maga mögött az ajtót.

„Kedves hölgy, nem igaz?"

Katie a szemével és a mosolyával is sugárzott. „Igen, ő az első azonnali barátom."

Benjamin megrázta a fejét. „Azonnali barát - ez újdonság számomra." Megérintette az egyik tojás tetejét, még túl forró volt ahhoz, hogy feltörje.

Katie mély levegőt vett, aztán lehunyta a szemét. Újra kinyitotta őket. „Megbántottam az érzéseidet? Azért, mert mi ketten nem voltunk azonnal barátok?"

Benjamin elmosolyodott. „Egyáltalán nem." Feltörte az első tojást. „Csak kíváncsi voltam." Egy kis vajat és sót tett a tojásra, majd feltört egy másikat, és ugyanígy tett.

„Soha nem találkoztam a nagymamámmal. El, úgy nézett ki, mint a Nagymama a fejemben - ezért is lett azonnal barátom."

„Érthető."

El visszatért, és mindhárman belemártották a kenyérkatonákat a folyós tojásba.

„Te tényleg kiválóan főzöl" - mondta Katie.

Elmosolyodott, miközben elmosogattak, és a piszkos edényeket a mosogatógépbe tették. „Menjünk tovább. Ne feledd, dolgunk van."

„És helyek, amiket meg kell néznünk" - kuncogott a lány.

„Örülök, hogy itt vagy" - mondta El.

Benjamin megfésülte Katie haját, amelyről észrevette, hogy méz és fahéj illatú.

„Fogadok, hogy anyuci keres engem. Nem mehetnénk most megkeresni őt a vízparton?"

Benjamin mosolyogva kiment a szobából, és megkérdezte: „Nem felejtettél el valakit?". Néhány másodperccel később visszatért, valamit a háta mögé rejtve. „Voilá!" - kiáltotta, miközben felfedte a babát Katie előtt.

A lány átkarolta a nyakát, és nyávogva suttogta, mennyire hiányzott neki az ikertestvére. Benjaminnak igaza volt, a babájának valóban olyan illata volt, mint a karácsony reggelének, és ez jó dolog volt. Ami nem volt annyira jó, az az volt, hogy helyenként kissé átázottnak érezte magát. Elhúzta az arcát.

„Á, észrevetted, hogy egy kicsit nedves - mondta Benjamin. „Hozd ide a szellőző közelébe, és pillanatok alatt rendbe jön."

Együtt helyezték a babát a fűtőtest közelébe, majd Benjamin javasolta. „Mit szólnál, ha megtanulnál fogat

mosni az ujjaddal? Addig, amíg nem szerzünk neked egy fogkefét?"
 Katie visított, és jól érezte magát a tanulásban.
 Utána Benjamin befűzte a szandálját.
 „Anyukád nem volt ott, a vízparton, amikor ma reggel elhoztam a babát".
 Az alsó ajka kigömbölyödött. Megremegett.
 A lábára nézett. „Ne aggódj. Julius úrnak, mármint Abe-nek van egy barátja, aki a rendőrségen dolgozik".
 „Jaj, ne" - mondta Katie.
 „Mi a baj?"
 „Rá fognak jönni."
 „Mire jönnek rá?"
 „Nem mondhatom el, de nem akarom, hogy anyu bajba kerüljön."
 „Ne aggódj, Abe barátja rendes ember. Tudni fogja, hogyan segíthet. Addig is, te és én ma együtt lóghatunk El-el."
 A gyerek bólintott.
 „Talán még azt is megengedi, hogy segíts a boltban, mint egy nagylány."
 Katie elmosolyodott. Egyelőre elterelte a figyelmét a gondjairól.

FEJEZET 13

ABE ÉS SGT. RENDŐRSÉG MILLER

Abe megkérte a feleségét, hogy vigyázzon a boltra, és már gyalog indult is a barátjához, Alex Miller őrmesterhez az őrsre. Újra átgondolta a tervét, hogy felhívja őt. Egy személyes látogatás jobb lenne, hiszen régi barátok voltak.

Amikor évekkel ezelőtt először találkoztak, Alex még fiatal tiszt volt, újonc. Abe éppen a boltjában dolgozott, amikor két fegyveres berontott, és ellopta a pénztárgépben lévő készpénzt. Abe megúszta egy enyhe ütéssel a fején. Nagyon hálás volt, hogy a felesége aznap elment a nagykereskedésbe.

Miután kapcsolatba lépett a rendőrséggel, Alexet küldték egy rangidős rendőrrel együtt. Az idősebb tiszt azt javasolta Abe-nek, hogy fogadjon fel valakit, aki figyeli az ajtót. Azt mondta, hogy

vagy ez, vagy fizetni kell egy drága biztonsági rendszerért. Abe egyik lehetőséget sem engedhette meg magának. Kitöltöttek egy jelentést és elmentek, de Alex visszajött. Felajánlotta, hogy másodállásban - díj ellenében. Fiatal tisztként nem sok órát küldtek neki.

Abe beleegyezett, hogy napi két órát fizet Alexnek, és barátok lettek. Néhány hónappal a munkakapcsolatuk után egy másik üzletet, amely ugyanazon a sávban volt, mint Abe-é, kiraboltak. Alex mindkét bűnözőt egyedül fogta el. Később Abe azonosította őket a szembesítésen, és a bűnözőket börtönbe küldték.

Ezután Alex elkezdett feljebb lépni a ranglétrán. Ő és Abe azonban tartotta a kapcsolatot, és amikor Alex megnősült, ő és El is részt vettek az esküvőn. Amikor megszületett az első gyermekük, őt és El-t is meghívták a keresztelőre. Egy kislányt két fiú ikrek követtek. Abe és El az évek során részt vett a karácsonyi és hálaadáson a Miller-házban.

Aztán, amikor Benjamin belépett az életükbe, és Alexet előléptették őrmesterré, elvesztették a kapcsolatot.

a családi ügyekben, de még mindig összejöttek néha egy-egy csésze kávéra.

A rendőrőrsre érkezve a recepción kérte, hogy találkozhasson Miller őrmesterrel, akiről azt mondták neki, hogy nem ér rá. Abe rövid ideig ült a váróteremben, amíg meg nem pillantott egy hirdetőtáblát a teremmel szemben, amelyen gyerekek fotói voltak. Eltűnt gyermekek.

Abe odament, hogy közelebbről is megnézze, miután letisztította a szemüvegét. Egyik gyereknek sem volt hosszú szőke haja. Megelégedve azzal, hogy a Katie nevű gyerek nem volt a plakáton szereplők között, ismét visszaült. Miller őrmester megérkezett, és a két barát kezet fogott. Miller azt javasolta, hogy menjenek el az őrsről egy sétatávolságra lévő kávézóba. „Ott nem fognak minket zavarni, és nekem is jól jönne a szünet."

Leültek egy kávézó fülkéjébe, Abe megkérdezte, hogy van otthon mindenki.

„Régen volt már, öreg barátom, ugye? Jól vannak, köszönöm" - mondta Miller. Kinyitotta a telefonját, és megmutatta Abe-nek egy rövid videót az ikrei érettségi ünnepségéről. „Henry orvos akar lenni - mondta Alex büszkén. „Jimmy pedig ügyvéd akar lenni". Még több képet lapozott át, aztán megállt. „És Jenny, miért is ő és Will most adták nekünk az első unokánkat. Nagyon szép kislány." Nyitva hagyta a fényképet, hogy Abe megnézhesse, és visszatért a kávéja elkészítéséhez, két tejszínt és egy édesítőszert adva hozzá.

„Á, tényleg nagyon aranyos. Gratulálok neked és a feleségednek, hogy először lettetek nagyszülők." Belekortyolt a kávéjába. „Ó, és az orvos egy megbecsült szakma, és a jogi pályára lépés is az. Mindkettő biztonságosabb pályaválasztás, mint a maga szakmája." Nevetett, majd megkeverte a csésze kávéját.

„Az biztos" - értett egyet Alex, miközben belekortyolt. Az erős kávé égette az ajkát, mégis ivott még egy kortyot.

„A világ egyre veszélyesebb - folytatta -, és remélem, hogy valamikor a nem túl távoli jövőben nyugdíjba vonulhatok. Emellett nem akarok aggódni a fiaim miatt, akik az életüket kockáztatják, amikor végre letehetem a lábam és pihenhetek."

A két barát belekortyolt és belemártotta a fánkot a kávéjába.

„Szóval, mi szél hozott ma ide hozzám?" Kérdezte Alex az órájára pillantva. „Remélem, a feleséged nem okoz neked gondot."

Abe elmosolyodott. „Nem." Tétovázott. „Van egy barátom."

„Ó, nem, nem a „Van egy barátom" tréfa."

Abe folytatta: „Van egy barátom" - mosolygott - „aki egy kicsit bajban van."

„Mesélj többet."

„Talált egy gyereket, tegnap este a vízparton, egyedül ült. Elhagyta az anyja. Biztonságba vitte."

„A barátod jó polgár" - mondta Alex. „Szóval, ebben a forgatókönyvben hogyan segíthetek?"

„A barátom azon gondolkodik, hogy lehet, hogy egy kicsit forró vízbe kerül, amiért belekeveredett a helyzetbe. Ő kiskorú, és a gyerek túlságosan traumatizált volt ahhoz, hogy bevigye a kapitányságra. Ha, a barátom most jelentkezne, bajba kerülne, mert késlelteti a feljelentést?"

Alex elgondolkodott a kérdésen. „Mennyire ismeri ezt a fiút?"

Abe felegyenesedett: „Emlékszel Benjaminra?"

Alex megitta a kávéját. A pincérnő visszatért, megkérdezte, kérnek-e még valamit. Amikor a számla kivételével mindent elutasítottak, a nő eltakarította a bögréket.

„Ó, igen, emlékszem rá. Kedves, jól nevelt fiú, aki értékeli, milyen szerencsés, hogy az önök családjának tagja lehet."

„Mindig is olyan volt nekünk, mintha a fiunk lenne" - mondta Abe. „És ha már a családról és a gyerekekről beszélünk, elgondolkodtam valamin."

„Hallgatlak."

„A múltkor láttam egy műsort, a Matlockot, emlékszel?"

„Igen, bár egy kicsit elavult - különösen a fehér öltönyei." Miller felnevetett.

„Igen, emlékszem, amikor még népszerűek voltak - fehér öltönyök és gatyák. Igen, ennyire öreg vagyok."

Nevetett, majd folytatta. „A programban az állt, hogy az ember huszonnégy óráig nem jelentheti be a gyereke eltűnését. Ez egy amerikai műsor, mint tudja, de kíváncsi voltam, hogy itt is így van-e."

„Kanadában bármikor bejelenthetik egy gyerek eltűnését. Nincs várakozási idő."

„Ó, ezt nem tudtam" - mondta Abe. „Érdekes."

„A legtöbb ember azt hiszi, hogy huszonnégy óra" - mondta Alex. „Ez a téves információ az ismétléseknek és az álhíreknek tudható be."

Abe felnevetett. „Akkor jelentett valaki eltűnt gyereket, mármint itt a városban tegnap óta?"

„Tudomásom szerint nem" - mondta Alex. „Lehet, hogy még nem tudok róla. Néha átcsorognak a dolgok az őrsön." Közelebb hajolt. „Tudnom kell - hol van most a gyerek?"

„Benjamin ma reggel mutatta be nekünk. El nagy hűhót csap, ahogy azt el tudod képzelni."

Miller őrmester bólintott, amikor megcsörrent a telefonja. Vissza kellett mennie az őrsre.

Megkérdezte, hogy az elmúlt huszonnégy órában jelentettek-e eltűnést egy gyermekről, egy kislányról, nem jelentettek egyet sem. Kikapcsolta a vonalat. „Nincs újabb bejelentés eltűnt gyermekről."

„Ööö, értem" - mondta Abe. „Most mit tegyünk?"

Miller azt mondta: „Ha beviszik az őrsre, mi vigyázunk rá, amíg a gyermekjóléti szolgálatot be nem vonják".

„Olyan szépen beilleszkedett hozzánk."

„Igen, talán az lenne a legjobb megoldás, ha most maguknál hagynánk. Amíg mi nyomozunk. Nem szeretném, ha idő előtt a nevelőszülőkhöz kerülne. Főleg, ha ez az első eset."

„Biztonságban tartanánk."

„Tudom, hogy így lenne, de egyeztetnem kell a főnökömmel. Ahogy én látom, valószínűleg az a legjobb, ha ott hagyjuk, ahol van." Felállt. „Van még valami, amit el akarsz mondani, mielőtt kérdezősködnék?"

"Benjamin ma visszatért a vízpartra, abban a reményben, hogy a gyerek anyja ott lesz - nem volt ott."

"Még jó, hogy nem tért vissza" - mondta Miller. "Ezt ki kell vizsgálni. Hogy kiderüljön, nem visszaeső-e a nő." Újra megnézte az időt. "Hány éves a gyerek?"

"Nem tudom biztosan, de hét vagy nyolc évesre tippelek."

Miller kilépett a kávézóból, és a telefonján beszélgetett, majd néhány perc múlva visszatért. "Egyelőre önöknél maradhat. Addig is megkérem a tisztjeimet, hogy tartsák szemmel a vízparton kóborló nőt. Van ötleted, hogy nézhet ki?"

"Nem, ahhoz beszélnie kellene Benjaminnal. Vagy megkérdezhetem őt a nevedben, és szólhatok neked."

"Persze. Derítsd ki, és küldj egy SMS-t." Kinyújtotta a kezét, és szívélyesen fogadta.

"Köszönöm" - mondta Abe.

Miller hozzátette: "Bármi történjék is, ne add át a gyereket. Ha a nő megjelenik, tartsd fel, és hívj fel engem. Bármikor, huszonnégy óra hét perckor. Beszélni akarok vele - adta meg neki a miértet. Továbbá megbizonyosodni arról, hogy törvényes, és megérti a hibákat, amiket elkövetett. Ha szükséges, bevonom a szociális szolgálatot."

Abe azt mondta, amint lehet, átküldi a nő személyleírását.

"Jó ember" - mondta Miller őrmester, amikor a kávézó előtt elváltak.

Abe ahelyett, hogy egyenesen hazament volna, a Waterfrontba ment. Leült egy padra, és hallgatta a sirályokat és a hullámokat. Harminc perc elteltével, miután senkit sem látott, visszatért a boltba, ahol a felesége jött ki üdvözölni.

„Olyan jó, mint az arany - mondta El, miközben megcsókolta a férjét először a bal, majd a jobb arcára.

Észrevette, hogy a felesége ruganyosan lépked, és kipirult az arca. Ez azokra a napokra emlékeztette, amikor először udvaroltak.

Miután felzárkóztatta El-t a Miller őrmesterrel való találkozásáról, Abe megkérdezte a gyerekeket, hogy mit néznek a tévében.
„A Spongyabob Kockanadrágot" - mondta Katie.
„Nagyon vicces."
„Uh, később beavathatod Benjamint a történtekbe, ha nem gond? Mivel szeretnék vele kint beszélgetni egy-két percet."
A lány bólintott.
„Megtudtál valamit, lent az őrsön?" Benjamin érdeklődött, miután becsukta maga mögött az ajtót.
„Mindjárt beavatlak, de most Miller őrmester azt akarja, hogy sms-ben adjam át neki Katie anyjának személyleírását". Átnyújtotta Benjaminnak a telefonját. „Menj előre, és gépeld be az információt. Te gyorsabban gépelsz."
Benjamin rákattintott: Üdv, Miller őrmester. Itt Benjamin. Katie anyja sötét, ujjatlan ruhát, piros sálat és magas sarkú cipőt viselt. A haja sötét volt, majdnem fekete, és sötét napszemüveget viselt tegnap, amikor kisütött a nap."

„Magasság?" Miller válaszolt.

„Körülbelül 180 centi - a magassarkú nélkül."

„Köszönöm. S.A.M."

Benjamin egy hüvelykujj fel emojival viszonozta.

„Szóval, mondd el, mit tudtál meg Katie-ről."

„Először hipotetikusan hoztam fel. Beszélgettünk, aztán beavattam a részletekbe."

„Oké, ez így fair."

„Megerősíthetem" - mondta Abe -»még nem jelentették az eltűnését«.

„Valami történhetett az anyjával. Remélem, jól van."

„Miller őrmester, Alex azt mondta, helyesen cselekedtél, amikor idehoztad. A tisztjei majd szemmel tartják az anyát. Ha felbukkan, behozzák kihallgatásra. Ha bármi hír lesz Katie-ről, majd szólnak nekünk."

„Még egyszer köszönöm, Abe."

„Mivel szombat van, és Katie-nek nem kell iskolába mennie, ez jó dolog. Remélhetőleg hétfőre rendeződik a dolog, és úgy megy vissza az osztályba, mintha mi sem történt volna."

„Igen" - mondta Benjamin, és máris arra gondolt, mennyire fog hiányozni neki, amikor nem lesz itthon.

El belépett a folyosóra, és a trió összemosolygott.

„Mi, Abe és én úgy gondoljuk, hogy neki kényelmesebb lenne a vendégszobában."

Benjamin csalódottan nézett, és a tekintete a padlóra esett.

El megérintette a karját. „Majd én vigyázok rá, amikor ti ketten a boltra vigyáztok. Csinálhatunk csajos dolgokat."

Abe közbevágott: „Neked is szükséged van az alvásra, Benjamin, és az a régi szék nem alkalmas alvásra."

„Már évek óta ki akarjuk cseréltetni azt az ócskaságot."

„Rajta van a teendőim listáján" - mondta Abe. „Egyszer majd eljutok odáig, hogy újrakárpitozom."

„Jobb, ha kidobod a kukába, vagy tűzifának használod. Már régóta fel akartam csinosítani a szobát. Azokat a könyvespolcokat is fel kellene újítani."

„Majd felírom a listára."

El homlokon csókolta a férfit. „Jó lenne lányosabbá tenni a szobát."

„Csak rövid ideig lesz itt."

„Tudom, tudom. De a kishúgomra, Sammyre emlékeztet. Samantha. A csínytevések, amiket együtt csináltunk." A férjére pillantott. „Mindig is szerettem volna egy saját kislányt - ez a következő legjobb dolog. Még ha csak egy kis időre is."

Abe átkarolta a nőt. „Értem én, ti ketten együtt akartok játszani."

El arcon csókolta, és mindhárman csoportos ölelésbe mentek.

Amikor szétváltak, Abe megkérdezte: „Katie tudja a címét?".

„Tudja, és tegnap este megnéztük. Senki sem volt otthon, és nincs kulcsa. Az Ontario utcában van, a 74-es szám alatt."

Abe előhívta a Google Mapset a telefonján, és beírta a címet azzal a tervvel, hogy elmegy a házhoz. Miután ő maga is megnézte, közölni fogja a barátjával, Miller őrmesterrel a címet. „A gyereknek szüksége lesz holmikra - mondta Abe, és odaadta a hitelkártyáját Benjáminnak. „Vegyen alkalmi ruhákat, pizsamát, rendes cipőt, zoknit és aláöltözetet. És egy fogkefét."

Benjamin rendet rakott a konyhában, miközben Abe tovább csevegett a rendőrőrsön tett látogatásáról. „Ja, és még valami, ha Katie látja az anyját, vagy fordítva, nem szabad visszaadni neki. Először a nővel akarnak beszélni lent az őrsön."

Katie bejött a konyhába: „Bajban van az anyukám?".

„Nem, nem, drágám" - mondta Benjamin. „A rendőrség csak meg akar győződni róla, hogy jól van-e, ennyi az egész." Megborzolta a lány haját. „Most mosd meg az arcodat és fésüld meg a hajadat". Bement a fürdőszobába, és becsukta az ajtót.

„Mi van, ha az anyja jelenetet rendez? Úgy értem, ha meglát engem, egy idegent a lányával?"

Abe azt suttogta: „Elhagyta a saját lányát. Bárki elvihette volna, úgyhogy kétlem, hogy jelenetet rendezne." Ellenőrizte, hogy Katie nem jött-e ki. „Különben is, lehet, hogy szegény nőnek nincs rendben a feje. Ha meglátja a gyereket, hívja a rendőrséget, és maradjon nyugton. Kérd Miller

őrmestert. Ő emlékszik magára, és gondoskodni fog róla."
Benjamin leült, és csendben maradt.
„Látom, hogy aggódtál miattunk - mondta Abe. „A gyerek tudni fogja, mit szeret és mire van szüksége, a személyzet pedig segíteni fog neked."
Benjamin a lábát nézte, semmit sem tudott arról, hogyan kell ruhát venni egy kislánynak.
El azt kérdezte: „Szeretnéd, ha veled mennék?" A férjére nézett. „Ha neked is megfelel? Három óra után van, úgyhogy nem lesz megint szörnyen nagy a nyüzsgés."
Benjamin bólintott. „Kérlek, Abe."
Katie utánozta Benjamin szavait. „Kérlek, Abe."
Abe nem tudott ellenállni, és bólintott.
„Elmegyünk vásárolni, neked" - mondta Benjamin. „Te, El és én."
Katie felsikoltott örömében.

FEJEZET 14

VÁSÁRLÁS EGY NAPRA

Hamarosan Katie-nek minden megvolt a listán.
„Most pedig együnk valamit" - javasolta El. Bementek egy kávézóba a főutcán. Katie epres turmixot rendelt, El erős teát kért, Benjamin pedig kólát jéggel.

Katie belekortyolt a turmixába. „Kérdezni akarsz tőlem valamit, ugye El?"

El bólintott. „Honnan ismered ezt a gyereket?"

„Nem baj, ha megkérdezed. Nem bánom."

El habozott, majd megkérdezte: „Mi a kedvenc színed?".

Katie felnevetett, nyilvánvalóan nem erre a kérdésre számított. „Nincs egyetlen kedvenc színem sem. Miért választanék egyet, amikor olyan sok van belőle?"

El elmosolyodott. Nem erre a válaszra számított.

„Lenne egy kérdésem" - kérdezte Benjamin. Tétovázott, miközben El és Katie is várt. „Ki vette neked a babát? Anyukád volt az?"

Katie még több turmixot kortyolt a szívószálán keresztül. „Ő volt" - mondta.

El közelebb hajolt: „Az apád?"

„Nem, anyukám barátja, Mark. Ajándékba kapta. Ő mindig hoz nekem ajándékot."

„Karácsonyra? Vagy a születésnapodra?" Benjamin megkérdezte.

„Nem, semmiért ajándékot. Csak megjelenik, és hoz nekem valamit."

„Ó" - mondta Benjamin, és Elre pillantott. „Na, milyen a turmixod?"

„Mennyei íze van" - mondta Katie, majd az ujját az ajkára tette.

„Mi a baj?" Kérdezte El.

„Csak arra gondoltam..."

„Min?" Benjamin érdeklődött. „Nem kell elmondanod, ha nem akarod."

Katie elgondolkodott, aztán azt mondta: „Ha anyu itt lenne, most karamellás turmixot inná. Lassan kortyolgatnánk. Mindig lassan kortyolunk. Én elfelejtettem, és gyorsan kortyoltam, és most elfogyott az egész." Duzzogott.

„Kérsz még egyet?" Benjamin megkérdezte.

„Szabad?"

„Szabad." Odahívta a pincért.

Amikor megérkezett, Katie azt mondta: „Várjon, nem kérek még egyet."

„Miért nem?" El érdeklődött.

„Egyszerű. Most, hogy kaphatok még egyet, ez az egy is elég."

Benjamin és El egymásra néztek, majd vissza Katie-re.

„Egyedülálló vagy, gyermekem" - mondta El.

„Anyu mindig ezt mondja."

Kifizette a számlát, és kimentek az utcára.

„Felvehetem az új cipőmet, kérlek?"

„Persze, hogy felveheted" - mondta El, miközben levette Katie szandálját.

A lány megráncigálta a lábujjait a futócipőben, aztán végigpattogott a járdán. El és Benjamin megpróbáltak lépést tartani vele.

FEJEZET 15

HOME AGAIN (ÚJRA OTTHON)

Hazatértek, ahol Abe-t egy hintaszékben ülve találták. A vállai be voltak ereszkedve, és a kezeit az ölében összekulcsolva tartotta.
El odament hozzá, és homlokon csókolta. „Megyek, megfürdetem Katie-t. Az majd segít neki elaludni a sok izgalom után."
„Jó ötlet, szerelmem" - mondta Abe. Aztán Benjaminhoz: „Milyen volt a vásárlás?"
„Jó móka volt - Katie tele van energiával. Még nekem is nehezemre esett lépést tartani vele."
Abe elmosolyodott. „Sajnálom, hogy kihagytam." Lehalkította a hangját. „Több információm van. Inkább megosztanám
veled és El-lel egyszerre. Amikor a kicsi már alszik."
Benjamin ásított.
Abe azt mondta: „Miért nem mész fel, és alszol egy kicsit. Egy óra múlva beszélünk, jó?"

„Jól hangzik. Köszi." Felment a lépcsőn.

Amikor Katie elaludt, összegyűltek a nappaliban. El készített néhány szendvicset. Abe különösen éhes volt. Reggeli óta nem evett.

„Egyből elaludt - említette El. „És nagyon csinos volt az új hercegnői hálóingében."

„Csodálatos napunk volt ma, köszönjük szépen, hogy segítettél, El".

„Örömmel."

Abe befejezte a szendvics rágását, megtörölte a száját, és ivott egy korty vizet. „Híreim vannak. Nem könnyű történet. Kérem, ne szakítson félbe, és ne tegyen fel kérdéseket, amíg be nem fejeztem."

El és Benjamin is közelebb húzódott és beleegyezett.

„Miután ötkor bezártam a boltot, elmentem Katie házához. Nem terveztem, hogy holnapig elmegyek, de valami arra késztetett, hogy ma menjek, és így elmentem." Szünetet tartott.

Folytasd csak, gondolta Benjamin, de tudta, hogy kimondani bunkóság lett volna.

„Bekopogtam a bejárati ajtón, senki nem nyitott ajtót, de a függönyök nyitva voltak. Megálltam és hallgatóztam, hogy hallok-e hangokat belülről, semmi. Megkerültem a ház oldalát és hátra mentem. Semmi jele nem volt annak, hogy gyerek lakna ott, se játék, se bicikli, se hinta, se labda. Nem lógott szennyes a kötélen.

„Rendeltem egy taxit, és a sofőr a járdaszegélynél várt rám. Átmentem a szomszédba, és bekopogtam. Egy férfi nyitott ajtót, azt mondta, hogy valaki lakik a szomszédban, egy kislány és egy nő, ennyit tudott. Aztán az arcomba csapta az ajtót.

„Perifériás látásomban láttam, hogy az utca túloldalán megmozdul egy függöny. Átmentem oda, és bekopogtam. Egy nő nyitott ajtót, behívott egy italra. Meglátta a várakozó taxit, és szólt neki, hogy takarodjon el. Azt mondta, majd értesít egy másikat, ha készen állok az indulásra. Beleegyeztem, mert úgy éreztem, talán tud valamit mondani a gyerek anyjáról. Elfoglalt volt, efelől nem volt kétségem. Általában elkerültem volna, de ebben az esetben a gyermek jólétéhez szükséges információ kulcsfontosságú volt, így maradtam.

„A háza tiszta és rendezett volt. Nem voltam veszélyben, és az egyetlen hang a házában a nagypapa órájának szüntelen ketyegése volt. Leültünk, közösen megittunk egy kanna teát.

„Amikor a gyerekről kérdeztem, azt mondta, hogy a szemközti házban mindig zajlik valami. Kiabálás. Férfiak és autók forgatagában, amelyek a kocsifelhajtón parkoltak, és néha az utcára is átterjedtek. Úgy gondolta, hogy azok házas férfiak voltak. Ó, és azt is mondta, hogy a legutóbbi puccos férfinak nagy autója és sofőrje volt. Katie anyjáról beszélt az utca".

El a szájára tette a kezét: „Szegény kis mite".

Benjamin témát váltott. „Megtudtál valamit Katie-ről?"

Abe felsóhajtott. „Csendes és jól nevelt" - magyarázta Judy Smith, a szomszédasszony. „Azt mondta, tegnap reggel észrevette anyát és lányát is. Feltűnt, mert iskolai nap volt, és a gyerek egy életnagyságú babát cipelt magával. Hazatérni azonban nem látta őket.

„Amikor megunta a beszélgetést, kiment a háza bejárati ajtajához, és végigsípolt az utcán. A fia, egy taxisofőr állt meg előtte. Kilökött a bejárati ajtón, betuszkolt a járműbe, én pedig hamis címet adtam meg a férfinak. Nem akartam, hogy megtudják a címemet. Különcnek tűntek."

„Úgy érti, hogy bolondnak?"

Abe bólintott, majd töltött magának egy csésze teát, és egy csészével kínálta El-t és Benjamint.

„Most már kérdezhettek" - mondta.

Percek teltek el, talán tizenöt perc vagy még több, mire El megtörte a csendet. „Az a szegény kis cicababa. Milyen lehetett az élete, amikor a férfiak éjjel-nappal jöttek-mentek." El visszaszorított egy zokogást, mélyen az anyai bensőjéből. „Egyetlen gyermeknek sem lehetett élete - és itt vagyunk mi. Te és én, akiknek soha nem lehetett saját gyerekünk."

„Jól van, jól van" - mondta Abe, és megveregette a felesége karját. „Pontosan így gondolom. Nincs igazság ebben a világban. Semmi rím vagy ok. És mégis, kik vagyunk mi, hogy ítélkezzünk?"

„Én csak annyit tudok - vágott közbe Benjamin -, hogy Katie szereti az anyját".

„Még egy bántalmazott gyerek is szereti az anyját" - mondta El.

„A bizonyíték az elhagyatottságban van" - mondta Abe.

„Talán nem lehetett volna segíteni rajta. Nem tudjuk, mi történt" - mondta Benjamin.

„Ez igaz. Sajnálom, hogy ilyen gyorsan ítélkeztem. És most mi lesz?" El megkérdezte.

"Várunk" - mondta Abe. "És kérdezősködünk, anélkül, hogy felzaklatnánk a kis Katie-t. Kiderítjük, amit csak tudunk. Közben Miller őrmester a maga részéről elindítja a dolgokat. Továbbítottam Katie címét; Benjamin adott neki egy személyleírást az anyjáról. Ellenőrizni fogják a kórházakat, a hullaházat és a vízpartot."
"A hullaházat - mondta El. "Nem akarok arra gondolni, hogy az a kicsi teljesen egyedül van a világban."
"Tudom, tudom", mondta Abe. Témát váltott. "Ó, és mielőtt elfelejteném." A zsebébe nyúlt, és elővett egy borítékot, amit az asztalra tett. "Ez volt a postaládában Katie házánál."
"Abe, szövetségi bűncselekmény ellopni egy másik ember postáját!" El felkiáltott. Ez a kirohanás sem volt elég ahhoz, hogy megakadályozza abban, hogy megfordítsa a borítékot, hogy ő és Benjamin is elolvashassa.
"Ezzel teljesen tisztában vagyok" - erősítette meg Abe. "De most már tudjuk, hogy az anyját Jennifer Walkernek hívják."
Benjamin ásított és felállt, majd arcon csókolta El-t. "Katie most már nincs egyedül. Itt van velünk." Jó éjszakát kívánt. "Köszönöm a segítségedet." Abe hátba veregette, mint apa a fiát.
Az emeleten átöltözött pizsamába, és bebújt az ágyába. Túl fáradt volt ahhoz, hogy lehúzza a takarót, ehelyett a paplanba bújt.

Benjamin egy magas épület tetejének szélén állt, képtelen volt lenézni, a lábujjai már a vonal fölött voltak. Éjszaka volt, és a csillagok résnyire, mintha szemek lennének az égen, figyelték őt, és előre akarták vinni. Ugorj, úgy tűnt, azt mondják. Csak ugorjon.

A férfi billegett és tántorgott. Ugyanolyan könnyű volt előre menni, mint hátra, és ő teljesen egyedül volt. Teljesen egyedül a világban, és senki sem vigyázott rá. Senki, aki törődne vele. Senki sem törődött vele, hogy él-e vagy hal-e.

Sok könyvet olvasott, hősökről. Fiatal fiúkról, akik hozzá hasonlóan elvesztették a szüleiket, és csodálatos dolgokat tettek az életükkel. Persze az ilyen karakterek kitaláltak voltak.

Várjunk csak! Én jó ember vagyok. Segítek az embereken. Előbb gondolok másokra, mint magamra. Nem hazudok, nem lopok, nem bántok másokat, és mindig, szinte mindig betartom az ígéreteimet.

Miért szinte mindig? kérdezte egy hang magasan fölötte.

Nem válaszolt - ehelyett átbukott a peremen -, és az ágya melletti padlón ébredt fel. Ruhája izzadságtól nedves volt - de biztonságban volt. Biztonságban és jól. Bár hajnali négy óra volt, nem akart újra elaludni. Belenyugodott, hogy a telefonján játsszon. A szobája alatt hallotta, hogy valaki ide-oda járkál. Valószínűleg Abe-t. Feltette a fejhallgatóját. Miután néhány barátja is csatlakozott, teljesen elmerült egy többszereplős online játékban. Addig játszott, amíg a nap fel nem kelt a horizonton, aztán visszabújt az ágyba.

FEJEZET 16

ABE ÉS EL

Abe nem tudott aludni. „Ébren vagy?"
„Most már igen."
„Kicsit éhes vagyok, és te?"
„Most, hogy ébren vagyok, én is. Gyere, csinálok valamit. Mire vágysz?"
Ahogy végigkanyarogtak a folyosón, Katie-t pillantották meg.
„Olyan kis angyalka."
„Az is." Most már a konyhában Abe azt mondta: „A pirított sajtos szendvics jól esne."
„Oké, te felteszed a vízforralót, én pedig begyújtom a grillt."
Amikor az étel elkészült, és a tea is áztak a kannában, leültek, és megették a szendvicseiket.
„Ez nagyon jól esett, köszönöm."
„A kényelmi ételek mindig jól esnek." A nő hátratolta a székét.
„Nem, ülj le egy percre. Beszélgetni akarok veled."

„Egy csésze tea?" Abe bólintott, és a nő megtöltötte a csészéjüket. „Mi bánt téged? Tudom, hogy valami."
„Emlékszel, beszéltünk arról, hogy örökbe fogadjuk Benjamint?"
„Igen, de mivel már tizenöt éves volt, úgy döntöttünk, hogy nem megyünk bele."
„És mégis, folyton arra gondolok, hogy ha örökbe fogadnánk, akkor - ha velem történne valami - családtag lenne, és tudna segíteni neked a boltban. Hogy átvegye, ha szükséges. Ugyanígy, ha veled történne valami - jelentős segítség lenne számomra."
El megkeverte a teáját. „Szeretné, ha örökbe fogadnánk? Nincs szüksége ránk, mint amikor először jött ide, hogy velünk éljen. Ő egy független fiatalember. Nem szeretném hozzánk láncolni."
Abe felemelte a hangját. „Hozzánk láncolni? Ezt gondolod? ÉN, ÉN..."
„Nyugodj meg, szerelmem. Pár év múlva elég idős lesz ahhoz, hogy magától elrepüljön - és minden joga megvan hozzá. Hogy is volt az a mondás, *hogy ha szeretsz valakit, engedd szabadon, és ha visszajön, a tiéd lesz*" - mondta.
„És ha nem, akkor soha nem is volt az. Nem emlékszem, ki mondta."
„Talán Kipling, vagy egy hozzá hasonló bölcs ember. Nem azt mondom, hogy soha nem jönne vissza; szerintem igen. Szeret a boltban dolgozni."
„Igen, és egy nap az övé lehetne a bolt - vezethetné a boltot. Továbbvinni az örökségünket."
„Ha akarja."

„Persze."

„Mit szeretnél csinálni? Mi könnyítené meg a lelked?"

„Szeretnék beszélni Travisszel, az ügyvédünkkel, hogy kikérjem a tanácsát."

„Nem kellene előbb Benjaminnal megbeszélnünk a témát?"

„Ha megtettük volna, és a jogi tanács után meggondolnánk magunkat - annak következményei lehetnek. Inkább előbb utánanéznék, aztán dönthetünk. Ha ezúttal úgy döntünk, hogy belevágunk, beszélhetünk vele, és meglátjuk, mit gondol."

El ásított. „Ó, elnézést." Megfogta a férje kezét a sajátjába. „Úgy hangzik, mintha lenne egy tervünk. Most pedig menjünk vissza az ágyba, az a kicsi hamarosan felkel, és reggelit akar."

FEJEZET 17

HIÁNYZOL NEKEM...

Abe és El végül elaludtak, amikor Katie sikoltozást hallatott a folyosón. El pillanatok alatt mellette volt, szinte mintha számított volna rá. Amint Katie meglátta, a nyakába borította a karját. Abe nem sokkal később megérkezett. „Na, mi a baj, kicsim?"

„Hiányzik..." - ez volt minden, amit a lány mondott, mielőtt az arcát El mellkasához szorította volna.

Benjamin bebotorkált a szobába. „Whatsamatter?"

Katie mozdulatlan maradt, miközben halk suttogást váltottak.

„Hiányzik neki az anyja" - mondta El. Katie közelebb bújt hozzá. „Ti ketten menjetek vissza az ágyatokba, én pedig itt maradok a kicsivel." Aztán Katie-hez: „Most már szeretnéd, ugye? Ha itt maradnék?" Súgott valamit Elnek. „Ó, értem már" - mondta. „Biztos vagy benne?" Katie bólintott. „Ő is szeretné, ha maradnál, Benjamin. Fogj egy takarót odakintről, és dobd magadra az ottani székre." Benjamin követte az utasítást.

„Nos, akkor jó éjszakát" - mondta Abe, miközben becsukta az ajtót, és boldogan tért vissza a saját ágya kényelmébe.

FEJEZET 18

VASÁRNAP, VASÁRNAP

A vasárnap reggelek különlegesek voltak Juliusék háztartásában. Mivel a bolt csak délben nyitott ki, a család mindig nagy reggelit készített és osztozott rajta.

„Ma gofri van - jelentette be El, elővette a gofrisütőt, és bedugta a konnektorba. Előrelépett, és elkészítette a tésztát, amíg a grill elkészült.

Közben a többiek megterítettek. Az asztalra kerültek az olyan fűszerek, mint: szirupok, gyümölcsök, vaj és tejszínhab egy dobozban.

„A gofri illata olyan jó" - mondta Katie, miközben El a kész gofrit az asztal közepére tette.

„Köszönöm, szerelmem" - mondta El. „Van valami, amit elfelejtettünk, mielőtt leülök?" Senkinek sem jutott eszébe semmi, így El az asztal egyik végében foglalt helyet, míg a férje a másik végén.

„Köszönöm az ínyenc ételeket" - mondta Abe, ami az ő változata volt az étkezési imának. „Most pedig, ássatok!" És így is tettek.

Katie leült és figyelte a többieket, mivel még sosem evett gofrit.

„Mire vársz még, drágám?"

„Figyelek, mivel az egyetlen gofri, amit valaha ettem, az egy fagylaltkehely volt."

„Ez egy okos ötlet" - mondta Benjamin. Odament a fagyasztóhoz, és elővett egy doboz nápolyi fagylaltot. Aztán felkapta a fagylaltkanalat a fiókból, és az asztalhoz vitte.

El segített Katie-nek, hogy gyümölcsöt tegyen a gofrijára, köztük áfonyát és epret. Hozzáadott néhány almaszeletet is. „Szépen néz ki - mondta a gyerek.

„Most próbáld ki te is" - mondta Benjamin.

Katie egy gombóc fagylaltot és csokoládészószt tett hozzá.

„Ó, most jutott eszembe valami más" - mondta El, és hátralökte a székét. Katie-hez fordult: „Ugye nem vagy allergiás a mogyoróra?".

„Nem. Néhány gyerek az iskolámban az, úgyhogy óvatosnak kell lennünk, de én nem vagyok allergiás semmire."

„Én sem" - mondta Benjamin, miközben darált diót kanalazott a gofrija tetejére. Aztán tejszínhabot tett rá - bár neki, akárcsak Katie-nek, már volt fagylalt a gofriján.

„Én is kaphatok tejszínhabot?"

Benjamin ráfröcskölte a tejszínhabot Katie gofrijára.

„Most már túl jól néz ki ahhoz, hogy megehessem" - mondta, és mindenki nevetett. Az arca felragyogott: „MMMMM" - mondta. „MMMMM."

Miután mindenki jóllakott, El elkészítette a kávét.
"Túlságosan tele vagyok ahhoz, hogy meg tudjak mozdulni" - mondta Benjamin.
"Én is", mondta Katie, és megsimogatta a hasát.
Abe az órájára nézett, még volt idő a bolt nyitásáig.
"Ó, már akartam kérdezni, Katie, hogy hívják az iskoládat?"
"A Szent Mária Általános Iskolába járok" - mondta Katie.
Abe beírta a címet a Google-ba.
"Szereted az iskolát?" Benjamin megkérdezte.
"Nem rossz."
"Holnap felhívjuk az iskoládat" - mondta El -»és szólunk nekik, hogy néhány napig hiányozni fogsz«.
"Úgy értitek, hogy nem kell mennem?" "Nem. Egyelőre itt akarunk tartani."
"Amíg anyukám vissza nem jön?"
"Igen, addig" - mondta Abe.
"Gyakran hiányzol az iskolából?" El érdeklődött.
"Csak akkor, ha beteg vagyok, vagy ha anyu rosszul van, mert nem engedi, hogy egyedül járjak."
"Anyukád gyakran beteg?" Abe megkérdezte, az alkohol és a drogok állításaira gondolva.
Katie sírni kezdett.
"Egyelőre elég a kérdésekből" - mondta El. Megfogta Katie kezét a sajátjába. "Mossuk le az arcodról a tejszínhabot és a csokoládészószt, és öltöztessünk fel az új ruhádba. Gyere már."
Katie követte, és amikor zárt ajtók mögött azt mondta: "Anyu nem akar beteg lenni".

„Persze, hogy nem, gyermekem" - mondta El, miközben egy meleg, nedves mosdókendővel végigsimította Katie arcát. „Most emeld fel a karodat, és öltöztessünk fel."

„Nagylány vagyok már."

„Még a nagylányoknak is kell néha egy kis segítség" - mondta El, miközben kacsintott.

„Köszönöm."

„Köszönöm, hogy egy kis napsütést hoztál az otthonomba."

Katie egy pillanatig elgondolkodott, majd azt mondta: „De neked már volt napsütésed, mert neked ott volt Benjamin".

El felnevetett. „Igazad van, minden nap látjuk az aranyló sugarait. Most pedig gyere veled, nem hagyhatjuk, hogy a fiúk hamarabb elkészüljenek, mint a lányok, nem igaz?"

„Szó sem lehet róla!" Katie kuncogott.

FEJEZET 19

SGT. MILLER

Amikor Miller őrmester megérkezett az őrsre, sürgős üzenet várt rá a halottkémtől:

„Egy női holttestet sodort partra a víz ma kora reggel az Ontario-tó partján, a Viadukt közelében. Szokásos öngyilkosjárat. Most itt van lent a hullaházban. Nincs személyazonossága, de illik rá annak a nőnek a leírása, akit kért, hogy tartsam szemmel. Hamarosan kiderül a halál oka. Jöjjön át, ha beért, akkor majd tájékoztatom."

Miller azonnal a hullaházba ment. A holttest a boncasztalon feküdt, a halottkém és az asszisztense pedig feljegyezte az információkat.

„Ezt talán meg akarja nézni" - mondta, és a nő torkán lévő vágásra mutatott.

„Akkor az öngyilkosság kizárt" - javasolta Miller - »a penge szöge alapján nem tehette ezt magával«.

„Pontosan" - erősítette meg a halottkém. „És a körmei alatt bőr- és hajnyomokat is találtunk."

Miller megnézte a nő körmeit, amelyek bíborvörösre voltak festve. Az arcára pillantva látta, hogy a felső ajkának sarkán maradt egy folt a hozzá illő rúzsból.

„Már elküldtük a mintákat a laborba. Azonosítani tudjuk a nőt és esetleg a támadóját is, ha találunk egyezést az adatbázisban."

„Nem bánja, ha mintát veszek az ujjlenyomataiból, hogy lefuttathassam az adatbázisunkban, amikor visszamegyek az irodába? Talán gyorsabb lenne az azonosítás, ha valamilyen bűncselekmény miatt vonták volna felelősségre."

A halottkém bólintott.

„Mit tudunk még róla?"

„A korát 34-37 évesre becsülik, ó, és többnejű volt."

„Két szülés" - mondta Miller. „Meg tudod mondani, mikor szülte a gyerekeket?"

„Császármetszéssel. Hét-nyolc évvel ezelőtt. Hüvelyi szülés nemrég."

„Még valami más?"

„A halál időpontját szombat estére becsüljük, este 7 és 9 óra közé. A holttestben nem találtunk alkoholt vagy kábítószert." Tétovázott: „Még valami, harapások voltak a lábán hátul." Megfordította a holttestet. „Látod itt is, ott is, harapások. Csapkodó teknősök okozhatták, de a harapások nagyok".

„Értem" - mondta Miller. „Köszönöm." Szünetet tartott. „Mi az, a gerinc közelében?"

„Egy anyajegy."

Körülbelül akkora volt, mint egy lúdtoll.

Miller kilépett az épületből, és a napfény teljes erővel megcsapta. Feltette a sötét szemüvegét, és tovább sétált a kocsija felé, miközben az Abe-nél maradt gyerekre gondolt. Remélte, hogy a halott nő és az eltűnt anya nem ugyanaz a személy, de az ösztöne mást súgott neki.

FEJEZET 20

LEGÁLIS EAGLA

Abe felébredt és elhagyta a házat, mielőtt a többiek felébredtek volna. Az El-lel folytatott beszélgetése után megbeszélt egy találkozót régi barátjával, a szintén ügyvédjükkel, Travis Andersszel.

„Szeretném, ha előremenne és elkészítené a papírokat. Amikor Benjamin betölti a huszonegyet, ő fogja örökölni a házat és a boltot".

„Hé, lassítson egy kicsit! Mi lesz El-lel?" Mondta Travis.

„Szükség szerint segíthetünk neki a boltban. De lesz egy ösztönzője, hogy feljebb lépjen, jobban bekapcsolódjon, hiszen egy nap az övé lesz."

„Elnek is itt kell lennie. A ház és a bolt mindkettőtök nevén van."

„Ha összeállítod nekünk a nyomtatványokat, behozom, hogy aláírja őket. Ezt már megbeszéltük."

„Mi ez a sietség?"

„Nem sietünk sehova. Csak el akarom indítani a dolgot. Mennyi időbe telik, amíg mindent elkészítesz?"

"Adj egy hetet" - mondta Anders. "Aztán vissza kell jönnöd El-el. Megbeszélted már Benjáminnal?"

"Még nem. Látni akarom, hogyan néz ki papíron. Hogyan áll össze az egész, mielőtt bevonjuk őt is."

"Szívesen elfogadom a pénzed, Abe, de ha én készítem a papírokat, és ő visszautasítja, akkor is ki kell fizetned a honoráriumomat."

"Értem. Nem is akarnám másképp."

"Rendben, Abe. Hagyd csak rám. Majd jelentkezem, ha kész van, és elhozhatod El-t." Tétovázott. "Addig is megbeszélném Benjáminnal, még ha ez egy hipotetikus helyzet is."

"Amint aláírják, hivatalos lesz?" Abe megkérdezte. "Mi van, ha meggondoljuk magunkat?"

"Majd mellékelek egy kodicilt. Arra az esetre, ha úgy döntenének, hogy a jövőben visszavonnák az ajánlatot."

"Köszönöm, Travis."

"Ó, és jogilag nem vagy köteles felfedni a Codicilt a fiú előtt, hacsak nem akarod. Továbbá, amikor a papírokat aláíratásra elvisszük neki, jelen kell lennie a saját ügyvédjének. Ha nem engedheti meg magának, javasoljuk, hogy forduljon a Jogi Segítséghez segítségért. Ezt megbeszélhetjük, amikor találkozunk, tájékoztathatom, vagy ajánlhatok neki egy másik ügyvédet. Adjunk neki egy kis időt, mielőtt aláírja."

"Benjamin olyan nekünk, mintha a fiunk lenne - állt fel Abe -, és szeretném, ha megkönnyítenénk neki a dolgát."

„Várj csak, Abe, kérlek, ülj le" - mondta Travis.
„Én vagyok az ügyvédetek, de nem képviselhetem mindkettőtöket. A saját védelme érdekében kell, hogy más ügyvédet kapjon, mint én".
„Huszonöt éve ismerjük egymást" - mondta Abe. „Bízom benned. A fiú nem engedhet meg magának másik ügyvédet. Nevetségesnek tűnik, hogy mást fizessek, amikor benned bízom."
„Mindent elmagyarázok neki négyszemközt, hogy megértse, és feltehesse a kérdéseit, anélkül, hogy maga vagy a felesége jelen lenne. A kodicillum a te és El nyugalmadat szolgálja. Ez nem a fiúról szól, hanem a jogról. Az, hogy mindent írásba foglalunk, minden érintett védelmét szolgálja."
„Nagyra értékelem a tanácsodat - mondta Abe. Szünetet tartott.
„Erről jut eszembe, a minap a Matlock ismétlését néztem."
„Régen imádtam azt a sorozatot" - mondta Travis. „Kérem, folytassa."
„Nos, az epizódban megpróbáltak egy házastársat arra kényszeríteni, hogy tanúskodjon a férje ellen. Káosz alakult ki, de Matlock elintézte, hogy a bíróság ejtse az ügyet."
„Á, az a Matlock. A szabályok azóta megváltoztak. Ma Kanadában a feleséget beidézhetik tanúvallomásra, de nem kell semmit sem felfednie. Akkor nem, ha az a házasságuk alatt történt. Ezt hívják házassági titoktartásnak, a kanadai bizonyítási törvény 4. szakasza."

„Valóban érdekes - mondta Abe. „Hogy működik ez a gyerekekkel? Kényszeríthető-e egy szülő, hogy a gyermeke ellen tanúskodjon, vagy fordítva?"
„Erről rengeteg vita folyt az évek során."
„És mit mond a törvény?"
Travis a könyvespolcához lépett, és addig lapozgatott, amíg meg nem találta, amit keresett. „A gyermek alapvető joga, hogy minden precedensben meghallgassák. Ez a 12. cikkely, az ENSZ Gyermekjogi Egyezményéből. Ezt 1991-ben ratifikálták." Becsukta a könyvet, és eltette. „Van még kérdés?"
„Nincs, köszönöm, hogy időt szakított rám." Abe felállt, és kinyújtotta a kezét.
„Majd jelentkezem" - mondta Travis.
Abe hazafelé vette az irányt. Az volt az első számú prioritása, hogy legyen valaki, aki gondoskodik a feleségéről, miután ő elment. Már majdnem otthon volt, és azon tűnődött, vajon Miller őrmester tud-e valamilyen hírt közölni. Ebben a helyzetben a semmi sem volt jó hír. Végre hazaérve bement.

FEJEZET 21

SGT. MILLER A RENDŐRKAPITÁNYSÁGON

Miller őrmester végignézte, ahogy bilincsbe vert férfiak és nők vonulnak be az őrsre. Úgy érezte magát, mintha egy rossz valóságshow közepén lenne.
„Buli volt?" - kérdezte a letartóztató tisztet.
„Igen, egy utcai buli a keleti oldalon. Drogok és alkohol mindenütt."
Egy nő kapta el a tekintetét, miközben aláírta a nyomtatványt. Szőke volt, feltűnően túl rövid szoknyában és túl sok sminkkel. A nő csókot adott neki. A férfi hátat fordított neki. *Inkább a hulla, mint az anyja.*
Azon tűnődött, vajon jobb-e bármilyen anya, mintha egyáltalán nem lenne anya. Olyan volt ez, mint az a kérdés, hogy ha egy fa kidől az erdőben, hallja-e valaki? Elméletben nem volt helyes válasz, de a valóságban - egy anya sem kellett, hogy jobb legyen, mint az a néhány, amivel találkozott.

Épp időben ment vissza az irodájába, hogy megkapja az ujjlenyomat-vizsgálat eredményét a boncoláson fekvő asszonyról. Az biztos, hogy benne volt az adatbázisban, de nem volt mindig helybéli. Quebecből származott. Kíváncsi volt, mit keresett a városban. Folytatta az információkeresést, és talált egy eltűnt személyről szóló jelentést. Igen, ez volt az a nő a födémen. Átlapozta az aktát, és utánanézett a nő hátterének. Aztán felhívta az egyik montreali barátját. Az egyik srácot, akit nem zavart, hogy angolul társalogjon - és beavatta a részletekbe.

„Egy nő holttestét találták meg az imént, az önök hivatalán keresztül benyújtott eltűnt személy bejelentés alapján Marie Levesque-ről van szó" - mondta Miller.

A másik végén csend volt, mielőtt LaPlante hivatalnok megkérdezte: „A halál oka?".

„Elvágták a torkát, de még nem lehet megállapítani, hogy ez volt-e a halál oka."

„Majd szólok neki. Az ontariói tartományi rendőrséggel dolgozik."

„Ő egy helyi rendőr? Kapcsolatba léphetek vele, ha szeretné. Mondj neki bármit, amit tudni akar, és hogy hova jöjjön a holttest azonosításához. Én is ott lehetek vele, ha akarja. Ha nincs itt családja."

„Csak ő volt neki - ingott meg LaPlante hangja. „Titokban dolgozott."

Miller habozott. „Lehet, hogy ennek a gyilkosságnak köze van a nyomozásaihoz? Leleplőződött az álcája?"

„Hát, nem tudom. Majd én felhúzom itt a zászlórúdra. Én kiderítem, amit tudok, te pedig ugyanezt teszed a te oldaladon. Vannak kapcsolataid az OPP-nél?"

„Persze, de diszkrét leszek."

„Köszönöm, Alex."

„Persze."

Miller letette a telefont, de a füléhez szorította a telefont. Megdörzsölte az állát azon a helyen, ahol a szakálla szokott lenni. Hiányzott neki az a szakáll, de a felesége biztosan nem.

Legalább nem a kis Katie anyja volt az, de attól még gyilkosság volt. Az OPP bevonásával a dolgok a városban egy kicsit bonyolultabbá válhatnak. Felhívta Abe számát, és megvárta, amíg többször is megszólalt.

* * *

Szia Abe, itt Miller őrmester, itt Alex."

„Hello."

„Csak azért hívlak, hogy megkérdezzem, hogy van Katie?"

„Igen, Katie jól beilleszkedett" - erősítette meg Abe.

„Van valami hír az anyjáról?"

„Van néhány nyomunk, de semmi biztos."

„Segíthetek?"

„Több információt szeretnénk róla, például a vezetéknevét."

„Walker, ezt az egyik szomszédjával folytatott beszélgetésből tudtam meg."

Leült. „Mikor?"

„Szombaton. Míg El bevásárolni vitte a szükséges dolgokat, én pedig elmentem, hogy körülnézzek."

„Gondolom, Mrs. Walker nem volt otthon?"

„Sem neki, sem másnak semmi nyoma. Beszélgettem a szomszédokkal."

„Úgy tettél, mintha közülünk való lennél, úgy értem, mint egy zsaru?"

„Én? Nem hiszem, hogy sikerülne, túl alacsony vagyok" - mondta Abe. Mindketten felnevettek. „Ne aggódj, diszkrét voltam."

„Van valami idevágó, amit szeretnél megosztani?"

„Ööö, nos, sok férfi. Az egyik szomszéd azt mondta, olyan volt a ház, mintha forgóajtó lenne. Azt mondta, az anyáról beszél az utca - és nem pozitív értelemben."

„Érdekes. Éreztél ellenségeskedést vagy valami indítékhoz közeli dolgot?"

„Nem, egyáltalán nem. Kíváncsi és unatkozik - de nem valószínű, hogy gyilkos. A nő, akivel a legtöbb időt töltöttem, nagyon kedvelte Katie-t. Látta őket elmenni a házból. Csodálkozott, hogy miért hozta a babáját az iskolába. Soha nem látta őket hazatérni. Az én értékelésem az volt, hogy ez a nő mindenről tud, ami az utcán történik, mindenkivel".

„Oké, Abe, köszönöm, hogy szóltál. Most azonban maradj távol a környéktől, a nyomozást bízd ránk."

„Ööö, ha ön és a rendőrök kimennek a házhoz, szeretnék önökkel tartani, ha lehet."

Miller mély, hallható lélegzetet vett. „Nem szokványos eljárás, hogy egy civilt is magunkkal viszünk, és eltart egy darabig, amíg parancsot kapunk. Valószínűleg be kell törnünk az ajtót."

„Én akkor is szeretnék ott lenni. Megígérem, hogy nem leszek útban - és a szomszédok láttak, ismernek engem."

„Mivel önről van szó, azt hiszem, kivételt tehetek, ha megígéri, hogy a járműben marad, amíg mást nem mondok. Majd hívlak, amint kértem a parancsot és egy csapatot, hogy jöjjön. Ha készen állsz, csatlakozhatsz hozzánk. Ha nem, akkor nélküled megyünk a Walker házhoz. Világos?"

„Száz százalékig" - mondta Abe mosolyogva a telefonba. Letette, majd a feleségéhez fordult, aki éppen Katie haját fésülgette: „Lehet, hogy ki kell mennem, amint megszólal a telefon".

„Van ennek bármi köze Katie-hez?" Kérdezte Benjamin. Éppen a tévét nézte.

Abe közelebb lépett hozzá, és odasúgta: - Miller őrmester volt a vonalban. Nincs semmi biztos hírük."

„Mehetek én is?" Benjamin megkérdezte.

„Nem szükséges, de köszönöm" - mondta Abe. Suttogásra halkította a hangját: „Miller őrmester nem akarta, hogy kövessem, de én ragaszkodtam hozzá. Magunk között szólva, mi most a háza után fogunk nyomozni."

„Oké, majd szóljatok, hogy mit találtok, Addig is én itt intézem a dolgokat. Talán kiviszem Katie-t a friss levegőre." Benjamin felállt, és azt kérdezte: „Van kedve valakinek sétálni egyet?"

„Én!" Katie visított.

„Én is!" Mondta El.

Elmentek, Abe pedig leült a telefon mellé, és várta Miller őrmester hívását.

FEJEZET 22

ELLENŐRZÖM A DOLGOKAT...

Miller tájékoztatta a rendőrfőnököt Katie helyzetéről. Amíg a házkutatási parancsra várt, megszervezte, hogy két rendőr elkísérje. Felhívta Abe-t: „Tíz perc múlva nálatok leszünk, készen álltok?".
„Tíz-négy" - válaszolta Abe.
A tisztek kuncogtak Miller mögött.
„Jó ember" - mondta Miller, miközben padlóig nyomta a gázpedált.
Abe rendkívül izgatott volt, hogy részt vehet a csapdában. Elmosolyodott, amikor a járőrkocsi a ház elé hajtott. Miller kiszállt, és átnyújtott neki egy golyóálló mellényt, amit az ing alá vett fel.
Miközben ezt tette, Miller bemutatta őt Belago és Rippon rendőröknek. Megrázta a kezüket. Tudatni akarta velük, hogy Abe Julius nem egy nyuszi.
Abe megindult, hogy beüljön a hátsó ülésre, de a két rendőr utat engedett neki, hogy beülhessen elöl. „És

nem, nem játszhatsz a szirénával - mondta Miller. A tisztek kuncogtak.
Miller kicsit ólomlábú volt, és az egyik hátul ülő tiszt ezt meg is mondta. Elnevette magát. „Akkor is én vagyok a főnököd, még akkor is, ha egy civil ül elöl. A háznál hárman megyünk be. Abe, ahogy megbeszéltük, maga a járműben marad."
„Igen, értem, de szóljon, ha szüksége van a segítségemre."
„Uh, igen." Majd a visszapillantó tükörbe pillantva: „Ha már bent vagyunk fiúk, gyorsan körülnézünk. Mint mindig, vegyétek fel a kesztyűt, és ne feledjétek, hogy ne nyúljatok semmihez, és ne mozdítsatok meg semmit.
„Ahogy megbeszéltük, jól jönne egy fénykép az anyáról és a lányáról. Keressetek olyat is, amin az apa is rajta van."
Abe elmozdult a székében. Szívesen meginna még egy csésze teát, és elbeszélgetne a kíváncsi szomszéddal.
„Bekapcsolva hagyom a rádiót, amikor bemegyünk, hogy hallgathass egy kis zenét."
Megálltak egy elakadt kereszteződésben. Egy több járművel történt koccanásos baleset akadályozta a forgalmat. Miller bekapcsolta a piros lámpát a szirénával, és elválasztotta az utat, miután megkérdezte, hogy mindenki jól van-e.
„Megengeded, hogy egyszer kölcsönvegyem?" Abe megkérdezte, és letekerte az ablakot.

Mindenki nevetett, mire Miller azt mondta: „Szó sem lehet róla".

„Itt vagyunk" - mondta Belago rendőr.

Miller felhangosította a rádiót. „Minden készen áll, Abe. Maradj itt, és maradj nyugton."

„Majd én megvédem a járművet" - mondta Abe.

Miller őrmester felvette a kesztyűjét. „Gyerünk fiúk."

* * *

Miller őrmester kopogott először, majd becsengetett, miközben Rippon és Belago rendőrök figyeltek. Amikor senki sem nyitott ajtót, Rippon a ház jobb oldalán ment körbe, míg Belago a másik oldalt fedezte. Néhány pillanat múlva visszatértek.

„Minden tiszta - mondta Belago.
„Minden tiszta, főnök."
„Oké, lássuk, be tudunk-e jutni anélkül, hogy betörnénk az ajtót" - mondta Miller.
Belago szerszámokat vett elő a csomagtartóból. Pillanatok alatt feltörték a zárat.
Miller bedugta a fejét, és odaszólt: - Halló? Van itthon valaki?"
Mivel nem hallottak semmit, fegyverrel a kézben befelé igyekeztek. Az egyetlen hang a hűtőszekrény zümmögése volt. Miller kinyitotta az ajtót, és azt találta, hogy tele van élelmiszerekkel, fűszerekkel és néhány üveg dugaszolatlan borral.
„Nem úgy néz ki, mint aki kirándulást tervezett" - vélte.

Belago és Rippon átvizsgálta a földszintet.

„Minden tiszta és biztosítva" - jelentette Belago.

A nappaliban a kandallópárkányon családi fényképek voltak kiállítva. „Fogd ezt - mondta Miller, és egy kislányt és egy férfit ábrázoló fotóra mutatott. Abe nem említette az apját. Sőt, a szomszéd azt mondta Abe-nek, hogy a házban forgatagban vannak a férfiak. Akkor ki volt a férfi a képen Katie-vel? Miután végignézte az összes kiállított fényképet, meglepődött, hogy nem volt anya és lánya fotója.

A rendőrök követték Millert a nyikorgó szőnyeggel borított lépcsőn.

„Helló, rendőrség!" Kiáltotta Miller, a fegyverét előre szegezve, mindenre készen. Bármire, csak arra nem, ami az orrát támadta. A halál felejthetetlen bűze.

A rendőrök önkéntelenül is öklendeztek, miközben tovább haladtak a lépcső tetejére. Most a lépcsőfokon már elviselhetetlen volt a bűz.

A bűzzel ellentétben a jobb oldali első szoba egy gyerekszoba volt, teljesen rózsaszínbe öltöztetve, fodrokkal az ágyon és virágos tapétával.

Ahogy haladtak tovább, a bűz egyre erősebb lett, és a szemük megtelt vízzel: - Ez nem néz ki jól, főnök - mondta Belago, majd visszatartotta a lélegzetét.

„Ez sem bűzlik jól" - válaszolta Miller, miközben továbbindult a folyosó végén lévő szoba felé.

Kiderült, hogy ez a fő hálószoba, az ajtó tárva-nyitva állt, és odabent, az ágyban egy halott férfi feküdt.

És nem is akármilyen halott volt. Az a férfi volt, akit az imént láttak lent a kandallópárkányon lévő fényképen a kislánnyal.

A férfi a takaró alatt volt, de a törzs és az alsótest furcsán nézett ki, pontosabban furcsán igazodtak egymáshoz. Felegyenesedve, de nem egyenesen. Visszahajította a takarót.

„Jézusom - mondta Belago rendőr, miközben megfigyelte, hogy a férfi maga mellett ül.

„Na most, miért ültetne valaki valakit így, miután kettévágta?" Miller megkérdezte.

„Itt nincs vér - jegyezte meg Rippon -, és nincs véres nyom".

A törzs mindkét feléből húsos indák eredtek.

„A hullamerevség beállt, ez megmagyarázza a helyzetet - valamelyest" - mondta Miller. „Én bejelentem, ti ketten nézzetek körül a fegyver után."

Aztán ismét a telefonba beszélt.

„Igen, itt Miller őrmester. Egy teljes törvényszéki csapatra van szükségünk. És erősítést a terület biztosítására. Továbbá a halottkém, egy mentőautó, egy hullazsák. Ja, és mondd meg nekik, hogy ne szóljanak a szirénák - nem akarjuk, hogy az egész környék kijöjjön, hogy lássa a műsort. Igen, tíz-négy."

„Főnök, találtunk valamit - szólt Belago a folyosó végéről.

A fürdőszobában véres rendetlenség volt. A kádban: egy láncfűrész. Fehérítőt öntöttek rá, hogy elfedjék a vér szagát.

„Itt biztosan megvágták - mondta Rippon, és az orrát a kézfejével eltakarta.

„Fehérítő, vér és légfrissítő, halálos kombináció" - mondta Miller, és visszaverte a hányást.

Újra beleszólt: „Szólj a törvényszékieknek, hogy teljes felszerelésben jöjjenek". Aztán a tiszteknek: „Nézzük meg, milyen bizonyítékokat tudunk összerakni, mielőtt a többiek megérkeznek".

„Mi van a barátoddal a kocsiban?"

„Addig marad a helyén, amíg mást nem mondok neki."

„Nem az a kíváncsi típus?" Belago megkérdezte.

„Igen, kíváncsi, de tudja, mikor kell meghúzni a határt."

FEJEZET 23

CORPSE (KORPUSZ)

Visszatértek a szobába a holttesttel, amikor Miller telefonja megcsörrent. A rendőrfőnök volt az, aki további részleteket kért a meggyilkolt férfiról. „Pár napja halott, harmincas évei közepén járt, férfi, kaukázusi".

„Van ötleted, hogyan halt meg?"

„Igen. Találtunk egy fűrészt a fürdőszobában. Ott feldarabolták, majd két részletben az ágyba vitték. Sok gondot fordítottak arra, hogy először lecsapolják a testet, és a darabokat a takaró alá tették az ágyon. Olyan volt, mintha maga mellett ült volna."

„Úgy hangzik, mintha valakinek furcsa humorérzéke lenne."

„Egy anya és egy gyermek él itt. Ez a fickó a kandallópárkányon volt egy fényképen a kis Katie-vel. Nem értem, hogy egy nő hogyan tehette ezt meg, segítség nélkül."

„Legalábbis kétszemélyes munkának tűnik. Tájékoztass, ha visszatértél az őrsre."

„Úgy lesz" - mondta Miller, majd megszakította a kapcsolatot.

„Őrmester - suttogta Rippon -, ez a fickó elég ismerősnek tűnik."

„Ő volt a lenti fotón."

Miller felnevetett. „Egyetértek, tényleg hasonlít valakire. Talán valamelyik prominens családból származik?"

„Halló!" - szólalt meg egy női hang a földszintről.

„Jézusom, most ki az?" Miller megkérdezte, és kiment a lépcső tetejére.

Az előszobában álló nőre ráillett annak a „kíváncsi szomszédnak" a leírása, akivel Abe szerint beszélt. Lehajolt a korlát fölé.

„Kérem, azonnal hagyja el a helyiséget."

A nő nem mozdult, mintha a lába be lenne betonozva. Elkezdett fecsegni, „annyira aggódik azért a kislányért, szegénykém".

Elindult lefelé a lépcsőn: „Mennie kell".

A nő felugrott.

„Köszönöm az... uh, aggodalmadat, de menned kell, most." Kivezette a lányt a házból, és kivezette a pázsitra. Ránézett Abe-re, és azon tűnődött, miért nem akadályozta meg, hogy bemenjen, aztán eszébe jutott, hogy konkrét utasítást adott öreg barátjának, hogy bármi történjék is, maradjon a járműnél.

Miller visszatért a házba, és bezárta maga mögött a bejárati ajtót. Akkor jött le, amikor a helyszínelők és a többiek megérkeztek, és inkább beengedte őket, minthogy megkockáztassa, hogy a többi szomszéd közül valaki bemerészkedik.

Judy Smith a zsebkendőjébe szipogott a pázsiton, aztán meglátta Abe-t a járőrkocsiban. Intett neki, mire ő visszaintett.

Aztán átment az utca túloldalára, a saját háza előkertjébe, és ott állt tátott szájjal.

Nem telt el sok idő, és máris több jármű töltötte meg a felhajtót, és sorakozott az utcán.

„Nincs itt semmi látnivaló" - mondta az egyik Judy Smithnek.

Abe mindent figyelt, ami körülötte történt, és alig várta, hogy megtudja, mi történik. Mit találtak odabent? Katie anyja meghalt? Valakinek hordágyat vittek be. Talán megsérült? Judy Smith pedig egyenesen besétált a házba, merészen, mint a réz. Bárcsak kijuthatna, és kérdezősködhetne.

Továbbra is figyelte, ahogy a telket elkerítették azzal a sárga szalaggal, amit csak a tévében látott. És a csapat, akik maszkot és kesztyűt viselve mentek be - ők voltak a helyszínelők. Őket is látta a tévében.

Úgy érezte magát, mint egy libabőr, és örült, amikor Miller újra beszállt a kocsiba.

Továbbhajtottak - Miller az egész út alatt egyetlen szót sem szólt. Még akkor sem köszönt el, amikor Abe kiszállt a kocsiból.

A Walker-házhoz vezető úton Miller átbeszélte, amit tudott. Hálás volt, hogy Abe nem bombázta őt kérdésekkel. Amikor leparkolt a ház előtt, kiszállt a kocsiból. Észrevette a függöny eltolását, és azon tűnődött, vajon ott lakik-e a kíváncsi szomszéd. Bekopogott a bejárati ajtón, és megvillantotta a jelvényét.

„Miller őrmester - mondta. „Elnézést a korábbiakért, de civilek nem léphetnek be a... ööö... bűntény helyszínére".

„Értem" - mondta a nő. Aztán közelebb hajolt: „Soha nem hagyok ki egy epizódot sem a helyszínelőkből, és minden egyes Agatha Christie-regényt elolvastam".

A férfi elmosolyodott. „Nem bánja, ha felteszek néhány kérdést?"

„Nem, szívesen segítek. Mozgásszervi problémákkal állandóan otthon vagyok. Jöjjön be, és foglaljon helyet." Követte a nőt a nappaliba. Széke félig a tévé, félig az utca irányába mutatott. A szobában halvány cigaretta- és VapoRub-szag terjengett. A zömök nő inkább ledőlt, mint leült a székébe.

Miller hagyta, hogy elhelyezkedjen, majd megkérdezte: „Mikor látott utoljára valakit jönni vagy menni a szemközti házból?".

A nő összefonta a kezét, és az ölébe tette. „Péntek reggel, a kislány és az anyja elmentek, később, mint szokott."

„Katie a neve, ugye? És az anyja Jennifer?"

„Igen, így van. És magukkal hurcolták azt a babát."

„Még valami Mrs. Walkerről? Hallottuk, hogy visszatért a házba, miután elment, de a gyerek nélkül."

„Nem láttam semmit." Megállt. „Ó, ha jobban belegondolok, gyorsan lezuhanyoztam." Tétovázott, aztán közelebb hajolt, és azt suttogta: „Nem szoktam mesélni, de egy dolgot észrevettem Mrs. Walkerrel kapcsolatban: azon a reggelen parókát viselt. Arra gondoltam, hogy hova a fenébe megy ez a nő a kislányával, aki olyan csillogó szandálba van öltözve, és egy babát cipel egy iskolai napon? Arra gondoltam, hogy talán bemutatóra viszi, de az csak a kisebb gyerekeknek való". A nő tétovázott.

Kinézett az ablakon, ahogy egy autó elhaladt mellette, aztán folytatta. „És ő így felöltözve és parókában? Miért nem volt semmi értelme az egésznek? És ott voltam én, és arra a szegény kislányra gondoltam.

„Egész felnőtt életemben ebben az utcában éltem, sok furcsa dolgot láttam. Sok időre lenne szükségem, hogy mindet elmeséljem." Mély levegőt vett. „De téged nem érdekel az egész, téged a járkálók érdekelnek. Hadd mondjam el, azon a reggelen volt az első és valószínűleg az utolsó alkalom, hogy ilyen szokatlan triót láttam sétálni az utcánkban."

„Egy paróka, mi?" Ez új információ volt. Elővett egy tollat és egy papírt.

„Igen, furcsa volt. A parókán kívül Katie szandált viselt, ami nem illett az iskolába. Miért, amikor a fiaim iskolába jártak, ilyen szandál nem lett volna megengedett. Voltak szabályok, amiket be kellett tartani. Minden változik, mindig rosszabbra." Fújta ki magát. „Különben is, az a gyerek nehezen tudott lépést tartani, és még csak most hagyták el a házat, ráadásul a babát is magával vitte."

„És mi van az előző nappal, láttál vagy hallottál valamit?" A férfi ismerte a típusát. Abe-nek igaza volt. Judy Smithnek nem volt jobb dolga, mint beleütni az orrát mások dolgába. Nem éppen ezt a tulajdonságot kereste egy barátban vagy szomszédban, de ebben az esetben lehet, hogy a végén ő lesz az egyetlen nyom.

A lány elgondolkodott rajta. „Az előző nap semmi. Senki sem jött vagy ment." Tétovázott. „Az azt megelőző napon azonban emlékszem valamire. Kér egy csésze teát?" Kicsit elfordította a testét, hogy megnézzen egy arra sétáló macskát.

„Nem, köszönöm" - mondta. „Kérem, folytassa."

„Csütörtökön kint voltam, hogy kukacokat szerezzek a fiamnak."

Felnézett a jegyzettömbjéből.

„A fiam horgászik a szabadnapján. Az orvos azt mondta, hogy rendben van, hogy gilisztákat gyűjtök."

Bólintott. „Csak a tényeket, kérem." Annyira szerette volna, ha a nő a lényegre tér.

„Kiabálást és hangoskodást hallottam."

Felült, most már újra érdeklődve. „Egy nőét? Egy gyerekét?"

„Egy nőt, igen. És egy férfit."

A férfi bólintott, hogy folytassa.

„Befejeztem a férgek felszedését, és minden elcsendesedett. Visszatértem a házba."

„Van ötleted, hogy ki lehetett a férfi, vagy hogy mikor érkezett?"

A lány a homlokát ráncolta. „Férfiak jöttek-mentek abban a házban. Kiterjedt listára lenne szükségem, hogy nyomon tudjam követni." Felkapott egy papírkötésű regényt, és legyezte magát. „Ó, még valami másra is emlékszem. Most jutott eszembe. Pénteken dél körül, amikor visszatért - Ms. Walker, egy autó várta. Beengedte a garázsba."

„Akkor mi történt?"

„Elaludtam. Néha itt alszom a székemben. De hallottam, tisztán - egy dübörgő hangot. Mint egy fűnyíró, vagy..."

„Egy fűrész?"

„Lehetett fűrész."

„Ó", mondta. „Látta a járművet elmenni?"

„Nem." A bejárati ajtó csikorogva kinyílt, majd becsapódott. „Charlie?" - kiáltotta a nő. Charlie a taxisofőr fia volt, és a bemutatkozás után beavatta a beszélgetésbe.

"Péntek délután hazajöttem ebédelni" - mondta. "Anya elbóbiskolt a székében, de a hang felébresztette. Akkor hallottam meg, amikor a kocsimtól jöttem. Nekem határozottan úgy hangzott, mint egy motorfűrész."

"Mindketten biztosak vagytok az időpontban?"

Bólintottak.

Az emeleten Miller hallotta, hogy egy szék csikorgott a padlóhoz. "Van még valaki a házban?"

A nő most először tűnt idegesnek, és a kezét tördelte, miközben beszélt. "Igen, ő a másik fiam. Mindjárt jövök!" - kiáltotta, anélkül, hogy megpróbált volna felállni.

Egy hang, mintha egy megsebzett állat hangja zúgott volna végig a házon. Két próbálkozás után talpra állt. "Azt mondják, nincs rendben a feje, de attól még a fiam."

"Semmi baj, anya" - mondta Charlie, és megveregette a karját, miközben elhaladt mellette.

"Szeretnék találkozni vele" - mondta Miller.

"Persze - gyere fel" - mondta Judy, miközben felment az első lépcsőfokra, miközben kétoldalt a korlátba kapaszkodott. Miller hozta fel a hátát. Amikor felért a lépcső tetejére, óvatosan kopogott, mielőtt belépett. "Vendégünk van itt, kedvesem, egy rendőr."

Miller belökte magát, és kezet nyújtott a férfinak - aki nem viszonozta a szívességet. Ehelyett jobb kezének ujjaival egy kis laptop billentyűzetén ült. A férfi kinézett az ablakon, ahogy egy autó elhaladt mellette, és kattintgatott a billentyűzeten.

Átment a szobán, hogy közelebbről megnézze. A férfi a kint álló járőrkocsi rendszámát gépelte be. Nem csak a járőrkocsiét, hanem minden járműét, amit látott. „A járművek érdeklik, vagy a rendszámok?" - kérdezte.

„Nem, nem, nem, nem!" - kiáltotta, és mindkét öklével a feje oldalára csapott.

„Gerald, most már hagyd abba!" - mondta az anyja, megragadta mindkét öklét, majd miután megnyugodott, homlokon csókolta, miközben elengedte őket. „A kedves ember csak érdeklődést mutatott a munkád iránt."

Gerald tovább koppintott a billentyűzetén.

„Most már megyünk, ne légy udvariatlan, és ne hozd többé zavarba anyádat. Folytasd csak a kiváló munkát." Becsukta mögöttük az ajtót. A lépcsőn azt mondta: „Vannak problémái".

„Mindannyiunknak vannak, nem igaz?" - válaszolta Miller. Most, hogy visszatértek a nappaliba, Charlie már nem volt ott.

Megvárta, amíg a lány leül, mielőtt maga is leült. „Munkának nevezted azt, amit csinált, hogy értetted?"

„Hallottál már a hexakosioihexekontahexafóbia vagy triskaidekafóbia kifejezésről?" - kérdezte.

„Attól tartok, nem. De a fóbia kilóg a sorból. Fóbiái vannak, miről van szó?"

„Fél az olyan számoktól, mint a hatvanhat és a tizenhárom. Nincs rá magyarázat, hogy miért. Amikor találkozott egy pszichiáterrel, azt javasolta, hogy vezessen feljegyzést a betűkről vagy a

számokról. Rendszámokat jegyez fel, azokat látja a legkönnyebben, mivel legtöbbször a szobájában van".
„Hasznunkra válhat, ha megnézzük, mit jegyzett fel. Mióta csinálja ezt?"
„Évek óta, és igen, ezt el lehetne intézni, ha az segítene."
„Nem biztos, hogy tudod, de Jennifer Walker eltűnt. Bármilyen információ a jövés-menésről hasznos lenne."
Átnyújtotta neki a névjegykártyáját. „Itt van az e-mail címem. Ha el tudod küldeni nekem az aktát, nem kell, hogy szép vagy csinos legyen. Majd az embereim átnézik, hátha van benne valami használható."
Az ajtóhoz vezette, és búcsút intett neki. Ahogy elment, Miller látta, hogy az emeleti függönyök kicsit kinyílnak, majd újra becsukódnak.

Az a fiatalember odafent kincsesbánya volt. Valószínűleg minden egyes rendszámot feljegyzett minden egyes járműről, amely valaha az utcára érkezett.

Kíváncsi volt, vajon a szomszédok tudták-e, hogy őket és a vendégeik járműveit is megjelölik. Elmosolyodott. Ha tudnák, biztosan nem örülnének neki - és ez valószínűleg minden létező adatvédelmi törvénybe ütközött. Mégis, neki egy gyilkosságot kellett megoldania, és egy eltűnt nőt kellett megtalálnia - és minden eszközt bevetett, ami a kezébe került, hogy megtalálja a kiváltó okot.

Miközben visszavezetett az őrsre, arra gondolt, hogy Abe milyen könnyen megtalálta a kíváncsi szomszédot. Jó megérzései voltak, és gyorsan rájött, ráadásul most járt először a környéken. Jogos volt az a megállapítás, hogy minden szomszéd tudott Judy Smith szokásáról, hogy beleütötte az orrát az életükbe. Vajon ezért hagyta ott a takaró alatt a holttestet, bárki is vágta fel, ahelyett, hogy megszabadult volna tőle?

Visszatért az őrsre. Bármennyire is próbálkozott, nem tudta kiverni az orrából a halál bűzös szagát. Megnézte az e-mailjeit, még semmi hír a Smith-nőről.

Mivel nem volt üzenet vagy új információ, aminek utánajárhatott volna, átsétált a hullaházba. Ha másért nem is, de a legfrissebb információkról tájékoztathatta őket - Jennifer Walker parókát viselt. Most ki kellett szélesítenie a kört.

Nem sok mást tehetett, amíg nem azonosították egyértelműen a halottat. Bárcsak emlékezne, hol látta őt. Az emlék éppen csak elérhetetlen volt.

Egy dolgot biztosan tudott, hogy a férfi semmi jóra nem készült.

FEJEZET 24

ABE ÉS EL

Amikor hazatért, Abe egyenesen az irodájába ment. Egyedül kellett maradnia, hogy feldolgozza mindazt, amit látott.

„Kopp, kopp - mondta El, amikor belépett. „Zaklatottnak tűnsz, szerelmem - masszírozta meg gyengéden a férje vállát.

„Csak gondolkodom" - mondta, miközben kiegyenesedett a székben. El tovább masszírozta a vállát, majd a keze a nyakára vándorolt.

Amikor az ujjai fájni kezdtek, megkérdezte: „Kérsz egy csésze forró teát?".

Abe felállt. „Szeretnék, de majd én magam hozom." Kilépett az irodából.

El a nyomába szegődött: „Miért ne készítenék neked egyet? Nekem is jól esne egy csésze tea."

„Ne, hadd csináljam én" - mondta Abe, amikor a konyha felé közeledtek. El szorosan a sarkában követte.

„Hagyd már abba a nyafogást!" Abe inkább hangosabban mondta, mint gondolta volna.

„Minden rendben van?" Kérdezte Benjamin.

El azt mondta: „Minden rendben van. Éppen azt döntjük el, ki főz jobb teát. Egyelőre Abe úgy gondolja, hogy ő nyer. Most menjetek vissza, és nézzétek a játékotokat."

Benjamin és Katie megunva a tévét kikapcsolták, és nekiláttak a dámajátéknak.

„Ezúttal ne hagyjatok nyerni!" Mondta Katie.

„Én soha!" mondta Benjamin a konyhában a csészék és csészealjak csörömpölése és csattogása fölött.

Néhány pillanattal később El beugrott a nappaliba. „Ki nyer?" - kérdezte.

„Pszt" - mondta Katie. „Éppen koncentrál."

Benjamin elmosolyodott.

„Szép napsütéses nap van odakint, és szerintem nektek is ki kéne mennetek egy kis friss levegőre. Vagy talán rúgjatok egy labdát!"

„Ez egy okos ötlet. Gyerünk!" Mondta Benjamin.

„Csak azért mondja ezt, mert én nyerek!" Katie huhogott, miközben követte őt az ajtón kifelé és a hátsó kertbe.

Az ugyanott a szoba sarkában álló italszekrényből El egy pohárba töltött egy feles Abe kedvenc ötvenéves skót whiskyjét. Hozzáadott egy fröccsnyi szódát. Odavitte a férfinak.

„Gondoltam, talán valami erősebb ital megnyugtatja az idegeidet."

A férfi mosolyogva megköszönte, és megérintette a kezét. „Sajnálom, El."

Homlokon csókolta, majd a konyhaablakhoz ment, amely a kertre nézett. El nevetett, és hamarosan Abe is csatlakozott hozzá. Együtt nézték a két gyereket, ahogy a kertben futkároznak és játszanak.

Abe ivott néhány kortyot, és megnyugodott, remélve, hogy a hullazsákban, amit a háznál látott, nem Katie anyjának, Jennifer Walkernek a holtteste volt.

FEJEZET 25

SGT. MILLER

Miller megérkezett a hullaházba, és rövid beszélgetést folytatott J. T. Pattersonnal, a törvényszéki patológia vezetőjével, akinek ezután el kellett hagynia őt, hogy egy azonosítással foglalkozzon.

Pillanatokkal később megérkeztek a boncolási technikusok a hullazsákkal a Walker-házból. Mellékeltek hozzá egy azonosítási lapot és egy Személyes tárgyak feliratú tárolóedényt. Egy fotós fényképeket készített, miközben a pecsétet eltávolították. Ezután a holttest a vizsgálóasztalra helyezték. Miller távol maradt tőlük, miközben a holttestet a dienerek kicsomagolták.

Patterson újra belépett a szobába, és félrehúzta. „Egy OPP tiszt van fent a vizsgálóban. Most azonosította a felesége holttestét."

„Levesque?" Miller megkérdezte.

„Igen, ismeri őt?"

„Nem, de én jelentettem a holttestet, és az adatbázisban látott információk alapján úgy gondoltam, hogy ő az."

„Nem bánná, ha elbeszélgetne vele? Onnan fentről mindent láthat, ami itt lent történik. Eltart egy darabig, amíg elkezdjük a boncolást."

„Persze."

„Amint elkezdjük, nyugodtan kérdezzen. Képesek leszünk meghallgatni és válaszolni, bár a válaszaink nem biztos, hogy azonnaliak lesznek. A mi prioritásunk az illető teste."

„És ez így van rendjén" - mondta Miller. Aztán elhagyta a szobát, útközben röviden megállt, hogy vegyen egy csésze forró teát az automatából. Átnyújtotta Levesque-nek, bemutatkozott, majd azt mondta: „Részvétem a felesége miatt".

„Merci. Ő volt a mindenem, mon monde entier. A gyerekeink sem élték túl. Összetörte a szívét. Ezért költöztünk ide, hogy megváltozzon a környezet, és hogy újrakezdhessük." Visszaszorított egy zokogást, aztán kortyolt egyet a forró teából. „Jó" - mondta.

„Nagyon sajnálom."

„Köszönöm."

Miller és Levesque egymás mellett ültek, miközben a személyzet odalent felkészült a boncolás megkezdésére.

„Mehetünk máshová is?" Miller azt mondta.

„Nem, az nem a feleségem. Jól vagyok."

Patterson visszatért a lenti boncterembe, műtősruhában, sebészjelöltben, kesztyűben és magas fekete csizmában. Miller és Levesque figyelte, ahogy mintákat vesznek, és konténerekbe rakják őket, amelyeket aztán biológiai biztonsági szekrényekbe helyeznek.

Amikor úgy tűnt, befejezték, Miller megkérdezte: „Ööö, mit tudnak eddig?".

„Köszönöm, hogy megvártak" - mondta Patterson.

„Az orra és a szája körüli zúzódások és a szeme véreres állapota alapján a fulladásos halál nagy valószínűséggel bekövetkezett. Bár meg kell várnunk a vérminták visszajövetelét a laborból, hogy ezt megerősítsük."

„Tehát már halott volt, mielőtt kettévágták?"

„Azt mondanám, igen" - erősítette meg Patterson.

„Ismerem ezt az embert" - mondta Levesque, és majdnem kiöntötte a csésze teáját, amit most a párkányra tett.

Miller közelebb lépett. „Ki ez a férfi? Én is felismertem, ahogy a tisztjeim is, de egyikünk sem tudta felidézni, hol látta."

„A neve Mark Wheeler. Nyomoztunk utána és társai után a kábítószer-kereskedelemben. Ő F. D. Wheeler, a milliárdos és médiamágnás fia".

Miller most már emlékezett; apával és fiával is találkozott adománygyűjtő rendezvényeken. „Mond önnek valamit a Jennifer Walker név?"

„Igen, ő volt a legújabb hódítása - a kis mellékes. Mi történt vele?"

„Így találtunk rá a házában, és a nő eltűnt."

„Ő is gyanúsított?"

„Határozottan. És ezt kapd ki, a testét egy fűrésszel vágták ketté. Az ágyban elhelyezve, mintha maga mellett ült volna."

„Úgy hangzik, mint egy vallomás."

„Kinek a vallomása? És kinek?"

„Ezt nem tudom" - mondta Levesque. Miller hozzátette. „Jennifer Walkernek volt egy kislánya; tudtad ezt?"

„Nem, nem tudtam. Ő is eltűnt?"

„Nem, biztonságban van, de az édesanyjának semmi nyoma. És a házban nagy volt a felfordulás. Nem mehet oda vissza."

Levesque felállt. „Sajnálattal hallom, de a ravatalozóban várnak rám. Ha eszembe jut valami, ami segíthet, szólok. Köszönöm a kedves szavakat, és a csésze teát." Az üres csészét a szemetesbe dobta, és elhagyta a szobát.

Patterson látva Levesque távozását, azt mondta: - Hívom, ha valami biztosat tudunk. Nincs értelme itt maradni. Néhány dologról napokba telik, mire a labor megkapja az eredményeket, másokról talán órákba, ha szerencsénk van."

„Köszönöm."

Miller visszatért az állomásra, és bekattintotta Mark Wheeler nevét az adatbázisba. Rengeteg információ volt róla, jó és rossz egyaránt. Többnyire rosszat, mivel jócskán benne volt a kábítószeres játékban. A délutánt azzal töltötte, hogy kitöltötte a jelentéseket, és kiküldött néhány rendőrt, hogy értesítsék a legközelebbi hozzátartozókat.

Miller az állomáson szorgoskodott, ellenőrizte, hogy hol van rá szükség, amikor néhány órával később Patterson telefonált. „Most jöttek meg az eredmények: a halál oka fulladás volt. Igazam volt - már akkor halott volt, amikor kettévágták".

FEJEZET 26

OTTHON ÉDES OTTHON

Közel volt az éjfél. A házban csend volt, kivéve egy hangot: Abe meztelen lábának koppanását a keményfa padlón, ahogy ide-oda járkált. Nagyrészt fel volt öltözve, kivéve a zokniját és a cipőjét. Sóhajtott, hátratette a kezét a háta mögött, és sétált. Aztán megfordult, és az ellenkező irányba lépkedett.

El, a hálóingében volt, és hideg krémet paskolt az arcára és a homlokára. Kitámasztotta a párnáját, felkapta az éjjeliszekrényről Mary Oliver verseskötetét, és olvasni kezdett. Bár Mary volt a kedvenc költője, El egyszerűen nem tudott a szavakra vagy a sorok ritmusára koncentrálni.

Becsukta a könyvet, felhúzta a takarót, és figyelte, ahogy a férje fel-alá járkál. Végül megkérdezte: „Mi a baj, szerelmem?".

Abe megállt egy pillanatra, aztán rögtön folytatta a járkálást.

„Mondd csak. Tudod, mit mondanak a megosztott problémáról."

„Nem tudok."
El lefordította az ágyat, és belelépett a papucsába. Kézen fogva vezette Abe-t, és letette az ágy saját oldalának végére. Letérdelt, a fejét a keze közé szorítva, majd tovább masszírozta a halántékát. Abe eleinte ellenállt, leginkább azért, mert túlságosan fáradt volt, de hamarosan megnyugodott a légzése. A nő kigombolta a gombokat, és levette az ingét, majd visszahelyezte a hálóingére. Megpróbálta leoldani a nadrágját.

„A többit magam is meg tudom csinálni - mondta Abe, miközben kigombolta a nadrágját, lehúzta az alsónadrágját.

El összeszedte a piszkos ruhákat, és a szennyeskosárba tette őket. Amikor visszatért, Abe úgy állt, mint egy kisfiú, aki arra vár, hogy az anyja betakarja az ágyba.

„Ahogy óhajtod - mondta, kézen fogva vezette, felpihentette a párnáját, és a takaró alá fektette.

„Köszönöm, drágám - mondta a fiú ásítva.

El visszatért az ágy saját oldalára, és levette a papucsát. Becsúszott a takaró alá, illetve megpróbálta, de mint mindig, most is a férje gyűjtötte be a meleg nagy részét.

Halkan eltolta a párnáját, megpróbált újra elhelyezkedni, de nem tudott. Ehelyett hallgatta a férfi légzésének változását, és akkor tudta, hogy mélyen alszik.

A holdfény beszűrődött a függönyön keresztül, varázslatos árnyékot vetve az ő ágya oldalára.

Elbóbiskolt, és eszébe jutott az a nap, amikor először találkozott a férjével.

Ő és az apja a családi vállalkozásban dolgoztak. A világ minden tájáról származó szöveteket és minden olyan kiegészítőt árultak, ami a varrással kapcsolatos volt. Az apja büszke volt arra, hogy a legújabb és legmodernebb varrógépeket árulta. Az édesanyja, akiről nem voltak emlékei, volt az üzlet ötletgazdája. Az anyja meghalt a nővére születésekor. Amikor elkezdték az üzletet, ő és az apja végezték a munka nagy részét. A nővére segített, amikor tudott. A legkelendőbbek és legkeresettebbek az Ázsiából és Európából importált szövetek voltak.

Aztán egy nap bejött egy szövetkereskedő: Abe. Az apja egy New York-i vásárlási konferencián találkozott vele. Nagy elismeréssel beszélt a fiatalemberről, mondván, hogy „szövetkezelőnek" született.

„A fiúnak van érzéke hozzá" - mondta az apja. „Isteni adottság, hogy megérzi a minőséget és felismeri a trendeket, mielőtt azok trenddé válnának a szövetiparban."

„Miért nem vesszük fel, apám?" Kérdezte El.

„Nem hiszem, hogy megengedhetjük magunknak. De meghívtam őt vacsorára. Főzheted a különleges sült csirkét, kekszet és krumplipürét. Megtudhatjuk, hogy valóban az etetésen keresztül vezet-e az út egy férfi szívéhez."

Nevetett, de izgatottan várta, hogy megismerje ezt az új férfit. Ezt az Abe-t, az ajándékkal.

Aznap délután megérkezett a boltba. Szinte azonnal gyanította, hogy ő az. Kicsit több mint két méter magas volt, szürke öltönyben, amely úgy mozgott rajta, mint egy második bőrréteg. Szőke haja hátrafésült, rendezett volt, nem túlságosan olajos. Úgy vonzódott hozzá, mint méhecske a bazsalikomhoz, ahogy nézte, ahogy a férfi végigsimítja ujjaival a legdrágább importált szövetekből álló választékukat.

Az apja átsétált az üzleten, hogy találkozzon vele.

„Isten hozott, Abraham - mondta, miközben kezet ráztak. „Ő a lányom, El."

„Jobban szeretem, ha Abe-nek szólítanak" - mondta a fiatalember.

El elpirult, még sosem hallotta, hogy bárki is ellentmondott volna az apjának. Még ma is, amikor arra a pillanatra gondolt, meleg lett az arca.

Aztán voltak más pillanatok is. Erőteljesebb pillanat, amikor libabőrös lett a karja. Ez egy mágikus kapcsolat volt. Egymásnak teremtették őket. Nászajándékba az apja adta nekik a boltot.

Két évvel később az apja meghalt, a nővére pedig elköltözött, hogy családot alapítson a férjével. Közben ő és Abe fenntartották az üzletet, nagyon nehéz időkben.

El, aki mindig is szeretett volna gyereket, képtelen volt teherbe esni. A vizsgálatok elvégzése után bebizonyosodott, hogy képtelen a fogamzásra. Aggódott, hogy csalódást okoz Abe-nek, de a férfi nem bánta - vagy ha igen, nem hagyta, hogy ezt tudtára adja. Az üzlet az ő gyerekük lett.

Aztán, miután már tizenkilenc éve házasok voltak, egy fiatal fiú besétált az üzletbe. Abe figyelte a rongyos kinézetű fiatalembert, arra számítva, hogy lop valamit, és készen állt arra, hogy hívja a rendőrséget. El megjegyezte: „Nézd csak, ő is anyagot fogdos". Odamentek a fiúhoz, aki azonnal sírásban tört ki.

„Kérsz egy csésze kakaót?" Kérdezte El.

A fiú bólintott, és követte őt a konyhába, Abe pedig a nyomában loholt. A lány készített neki egy csésze forró kakaót két szelet vajas pirítóssal, és leültek az asztalhoz.

A fiú egy szelet kenyér után nyúlt, aztán ránézett, és elrejtette mocskos kezét.

„A fürdőszoba a folyosó végén van - mondta El. „Ott felfrissülhetsz."

Míg ő elment, Abe azt mondta: „Remélem, nem haraptál többet, mint amennyit meg tudsz rágni, szerelmem. Nyilvánvaló, hogy menekül. Bűzlik, és - nem kéne hívnunk a rendőrséget, hogy kiderítsék, ki ő?"

„Ő kicsi és ártalmatlan. Nézzük meg, hogy előbb el akarja-e mondani nekünk, mi a baja. Talán tudunk segíteni."

„Ahogy akarjátok" - mondta Abe, amikor a fiú tiszta kézzel és ragyogóan tiszta arccal tért vissza.

Először megette a pirítóst, aztán ráfújt a forró csokoládéra, és lehajtotta. „Köszönöm."

„Ó, szívesen" - mondta El. „Van valaki, akit szeretnéd, hogy felhívjunk, hogy jöjjön érted? Az édesanyádat vagy az apádat?"

A férfi könnyekben tört ki. „Meghaltak."
El odament hozzá, és átölelte, miközben a férfi magyarázott az autóbalesetről, a nevelőszülőkről, minden rosszról, ami vele történt. Legfőképpen arról, hogy nem tudott visszamenni.

„Van egy barátom, lent a kapitányságon - mondta Abe. „Ő talán tud segíteni."

El a karjában tartotta a fiút, amíg Abe barátjára vártak. „Ő egy kedves ember" - mondta a lány. „Tudni fogja, mit kell tenni." A fiú a lányhoz simult.

Miller őrmester valamivel később érkezett meg, addigra El már felajánlotta a fiúnak a tartalék szobát, amíg valami tartósabbat nem tudnak kitalálni. Így lettek egy családdá.

Most már mindannyian egymásra voltak utalva, és a boltban már nem árultak szöveteket. Mégis, volt két szövettapogató az életében, és ki tudja, mikor lesz újra szükség a tehetségükre. Tudta, hogy minden ciklikus.

El lenézett az alvó férjére. Megcsókolta az ujját, és a homlokához nyomta, vigyázva, hogy ne ébressze fel. Elmosolyodott, éppen akkor, amikor Katie sikolyt eresztett meg a folyosón.

FEJEZET 27

KATIE

Katie - suttogta egy hang. „Katie."

„Anyu, hol vagy?"

A kislány megdörzsölte a szemét, először nem emlékezett, hol van. Visszadobta a takarót, és a hideg padlóra lépett. Aztán átbattyogott a szoba másik végébe, és felkapcsolta a villanyt. Most az ablak felé vette az irányt, ahol a függönyök suhogtak.

„Anyu, te vagy az?"

Az ablak alatt a padlóban lévő szellőzőnyílás, a belőle áradó melegség mágnesként vonzotta a lányt. Amikor rálépett a szellőzőre, a hálóingje felfúvódott körülötte, és megtöltődött a melegtől érkező meleggel.

„Katie - suttogta újra a hang. „Hol vagy, Katie?"

„Jövök, anyu" - mondta, és megpróbált kinézni az ablakon, de az túl magas volt ahhoz, hogy elérje.

„Várlak" - mondta az anyja. „Várok, itt."

A gyermek kétségbeesetten keresett valamit, amire ráállhatott volna. Levett egy vázát, amelyben napraforgók voltak, egy asztalról, és az ablak alá húzta. Odatolta mellé az ágyat. Először az ágyra, majd a zsámolyra állt. Szétnyitotta a függönyt. Az utcán alul koromsötét volt, leszámítva az utcai lámpák fényét.

„Anyu!" - kiáltotta, és megpróbálta kinyitni az ablakot. Amikor nem érte el a felső zárat, ökölbe szorította az öklét, és az üvegre csapkodott.

„Katie - suttogta az anyja. „Katie."

„Várj, anyu, kérlek, várj meg."

Lelépett az asztaltól, az ágyra, a padlóra, és a könyvespolchoz ment. Két kézzel felemelt egy A betű alakú könyvtámaszt. Letette az ágyra, miközben felmászott rá. Aztán az asztalra tette, miközben felmászott rá. Felemelte az A betűt, és az üveghez vágta.

Az üveg kívül-belül széttört, szilánkokkal fogta meg őt és a környezetét.

„Anyu!" - kiáltotta a lány.

Még mindig mélyen aludt, remegve nézett ki a törött ablakon.

FEJEZET 28

EL ÉS KATIE

El és hamarosan Benjamin is végigmentek a folyosón a kis Katie szobájába. Amikor megtalálták a holdfénytől megvilágított kislányt, egy labdába gömbölyödve a padlón, egy felborult asztal mellett. Szőke haja és hálóingje együtt mozgott, mintha az ablakon beszűrődő szellő eggyé vált volna a kislány leheletével. Észrevették, hogy vér tócsázik körülötte. Mint egy kísértet, amelyik felkel az éjszakában, felállt, és azt kiáltotta: „Anyu!".

„Óvatosan, ne ébreszd fel" - suttogta El.

Nézték, ahogy a függönyből indák úsztak feléje. Az arckifejezése, a semmibe meredő üres tekintete megrémítette Benjamint. Néhány másodpercre elfelejtett lélegezni.

A hold árnyéka elsodródott a lány fölött. Kiemelte a sérüléseit. Olyan volt, mintha egy szigeten lenne, üveggel körülvéve.

Benjamin odalökte magát: - Állj, ne mozdulj - suttogta El, de nem hallgatott rá. Végigsöpört a padlón, és a karjába rántotta Katie-t. A lány teste elernyedt. Ott állt és várt, képtelen volt megmozdulni a félelemtől suttogva a nevét.

El visszatért, kezében az elsősegélydobozzal. Letette a lányt az ágyra.

"Tegyél meleg vizet egy tálba nekem". Nem mozdult. "Benjamin, meleg vizet. És egy arckendőt és törülközőt."

A férfi bólintott, és elhagyta a szobát, miközben El felmérte a helyzetet. Ápolónőnek képezte magát, nagyon-nagyon régen, még mielőtt találkozott volna Abe-vel. Remélte, hogy emlékszik, mit kell tennie.

A tiszta, fehér lepedőre pottyanó vércseppek hangja kirángatta a fejéből. Csipesszel nekilátott a sebeknek, hogy eltávolítsa az apró szilánkokat. Katie továbbra is aludt.

"Biztosan alvajárt - suttogta Benjamin.

"Tartsd nyugodtan, hogy megnézhessem, vannak-e üvegdarabok, és eltávolíthassam őket".

"Hívjuk a 911-et?"

"Nem hiszem" - mondta El - "Azt hiszem, megoldjuk." Addig folytatta, amíg minden sebet fertőtlenítettek és bekötöttek.

Katie nyöszörgött, de nem ébredt fel.

FEJEZET 29

GLAS

Az oldalára kell fordítanunk, most - mondta El.

"Benjamin az oldalára támasztotta Katie-t, miközben El megvizsgálta a lábát. Csak néhány üvegszilánk törte át Katie lábfejének felszínét. A legtöbb egyszerűen a bőrhöz tapadt a felszín közelében, és könnyen ki lehetett szedni. A légzése többször is szaporábbá vált, de nem nyitotta ki a szemét. El egy meleg ruhát tett Katie lábára, és betekerte, most, hogy a vérzés elállt. Ezután mindkét lábát egy párnára emelte.

„Egész éjjel itt maradok - mondta El. „Nem akarom megkockáztatni, hogy magára hagyjam, vagy hogy felébresszem, amikor felkelek az ágyból."

Benjamin elment, hogy közelebbről is megnézze a betört ablakot. Először azt hitte, hogy valaki megpróbálta betörni, aztán meglátta a padlón a könyvtámaszt. Felvette, és visszatette a könyvespolcra. „Mindjárt jövök" - mondta.

Bement az alagsorba. Talált egy műanyaglapot, amely alkalmas volt arra, hogy lemaszkírozza az ablakot, amíg meg nem tudják javítani. Miután leragasztotta, lesöpörte az üvegből, amennyit csak tudott.

Kimerülten talált egy helyet az ágy végében, és elaludt.

A szél időnként fütyült a maszkolószalag résein keresztül, de a három alvó közül senkit sem keltett fel.

FEJEZET 30

ÉBREDJ FEL!

A hálószobaablak előtt éneklő kék szajkó hangjára Abe kinyitotta a szemét. Ásított és kinyújtózott. Észrevette, hogy a felesége nincs ott, és a nevét kiáltotta. Amikor nem válaszolt, látta, hogy hiányzik a papucsa. „El!" - kiáltotta, miközben elindult a folyosón. Katie szobájához érve megállt, és belenézett. El ott volt, és Benjamin is.

„El?" - suttogta; a lány nem ébredt fel.

Ekkor fütyülő hangot hallott, amit csapkodás-csapkodás követett. Lábujjhegyen az ablakhoz lépett, hogy megvizsgálja.

A függönyök ferdén álltak, míg az üveget ideiglenesen műanyaggal és ragasztószalaggal javították ki. Mivel nem tudta értelmezni a dolgot, kilépett a szobából, becsukta maga mögött az ajtót, és a konyhába ment.

A mélykék égen felkelt a nap, miközben megtöltötte a vízforralót, és nézte, ahogy egy új nap kezdődik. Most a teendői között szerepelt, hogy felhívja a biztosítót, hogy jöjjenek és mérjék fel a károkat, de előbb ki kellett derítenie, mi történt.

A gyomra korgott, ezért két szelet pirítóst tett bele, és lenyomta a kart. Útban a hűtő felé felkapott egy bögrét és egy kanalat. Amíg a vízforraló elkészült, kivette a tejet és a vajat a hűtőből, és egy teafüveget dugott a bögrébe. Éppen akkor töltötte bele a gőzölgő forró vizet, amikor a kenyér befejezte a pirítást.

„Jó reggelt - motyogta Benjamin.

„Jó reggelt, fiam - mondta Abe.

Valamit nem lehetett hallani Benjamintól.

„Ülj csak le, a vízforraló forró, és töltök neked egy csésze teát."

Benjamin szó nélkül engedelmeskedett.

„Kérsz egy szelet pirítóst?"

A tinédzser bólintott.

Abe kivette a pirított szeleteket, és lecsapott egy szeletet, majd még egyet. Egy második bögrébe egy teafiltert tett, és vizet öntött bele, megkeverte, hogy szupergyorsan áztassa.

Az idősebb férfi tudta, hogy az idő itt nagyon sürget, különben Benjamin újra elalszik - és akkor a nap hátralévő részében használhatatlan lesz. Amikor kész volt, Abe kiemelte a bögréből a teafiltert, hozzáadta a két cukrot, majd egy löttyintés tejet.

Abe megfogta a fiú kezét, amely az asztalon pihent, és egyenként rátette a bögre forró teára. Figyelte, ahogy Benjamin beleszagol a gőzölgő főzetbe, és megelevenedik, mielőtt belekortyolna.

Látva, hogy a fiú most már rendesen felébredt, Abe elment, hogy befejezze a pirítós elkészítését.

Abe figyelte, ahogy Benjamin átváltozik, percről percre kicsit jobban visszatér az élők földjére. Közben megitta a teáját, és megette a maradék pirítóst.

Pillanatok teltek el, amikor a nap bejött az ablakon, és megtáncoltatta a fiatalember profilját. Amikor úgy tűnt, hogy képes beszélgetést folytatni, vagy talán csak reményteli gondolkodás volt, Abe megkérdezte: „Beavatsz, mi történt tegnap este Katie szobájában!"?

„Nem."

„Hát én soha."

„Nem, hacsak nem mondod el, mi történt tegnap Katie házában."

„Ó, látom, még éberebb vagy, mint gondoltam" - mondta Abe nevetve. „De nem tehetem."

„És miért nem?" Benjamin azt mondta, miközben beleharapott a pirítósba. A ropogós és sós vaj nagyon jó íze volt.

„Mert a régi barátom, Miller őrmester titoktartásra esküdött meg. Ha elmondhatnám, megtenném. Most pedig mondd el, mi történt azzal az ablakkal. Fel kell hívnom a biztosítót, és addig nem tehetem, amíg nem mondod el, mi történt."

Benjamin folytatta a pirítós evését.

„Szóval, akarod játszani a kérdéses játékot? Első kérdés: valaki megpróbált betörni és elvinni a gyereket?"

Benjamin, aki mostanra befejezte a teát és a pirítóst, hátradőlt a székben, és a kezét a feje mögé tette.

„Szerintem biztos alvajáró lehetett. Amennyire én láttam, a könyvtámasszal törték be az ablakot. Bár az életem árán sem tudok rájönni, hogy miért. Egyiknek sincs értelme."

„Szegény gyerek. Miért nem ébresztettél fel?" Benjamin még jobban hátradőlt, így a konyhaszék első lábai felemelkedtek a földről. „Miller őrmester sosem tudná meg, hogy mondtál nekem valamit."

„A bizalom az bizalom. Vagy megteszed, vagy megesküszöl rá. Vagy nem teszed. Attól függ, milyen ember vagy. Én tartom a szavam, és a barátom is. Miller őrmester és én, megbízunk egymásban, és ahogy te és én, mi is tartjuk a szavunkat." Abe újratöltötte a csészéjét a teáskannából. „Hogy őszinte legyek, nagyon keveset tudok. Még arra is rávett, hogy a kocsiban maradjak, hogy ne legyen semmi baj. Csak találgatni tudom, amit a jövés-menésből tudok, de nem akarok téves információkat továbbadni."

„Biztos láttál vagy hallottál valamit" - mondta Benjamin, amit egy szürcsölő hang követett. Tudta, hogy Abe-nek nem áll szándékában megtörni a barátja bizalmát, és témát váltott.

„Minden olyan gyorsan történt Katie-vel. Sikított, és mi berohantunk. Üvegdarabok voltak a lábában. El kiszedte őket. Nem tudtam, hogy ápolói képzettsége van, és ez bizony jól jött. Kezeltük a helyzetet, és nem volt értelme felébreszteni téged."

„Súlyosan megsérült? Vért láttam a padlón."

„El megerősítette, hogy a sérülései kisebbek voltak. Katie végigaludta az egészet, miközben El csipesszel

húzta ki az üvegszilánkokat, és még akkor is, amikor fertőtlenítőszert kent a vágásokra."
„Észrevetted - mondta Abe -, hogy a gyerek nem sokat nevet? Néha kuncog, de nem úgy nevet, ahogy egy gyereknek nevetnie kellene."
„Mindenki más, talán csak félénk."
„Szomorúság is van benne. Mármint a szeme mögött. Valami ismerős és mégis, megragadó."
„Nem mondhatnám, hogy ilyesmit észrevettem volna, biztos vagy benne, hogy nem képzelődsz?"
„Egyszer láttam ezt a tekintetet, amikor először jött hozzánk" - ajánlotta fel Abe.
„Én?"
„Talán nem félelem, talán bánat vagy szomorúság, de állandó volt, fájdalom, bűntudat, elhanyagoltság. Mindez egybeforrt. Ez még mindig ott van a szemedben, de a lelkedből is kihajlik egy fényáradat, ami felülírja, bármi is legyen az. Megtaláltad önmagad, legyőzted, megtaláltad a saját igazságodat. De a kis Katie-t meg kell gyógyítani, gondoskodni kell róla, ahogy én gondoskodtam rólad."
Benjamin újabb teafiltert tett a bögréjébe, néhányszor megkeverte, majd kivette, cukrot és tejet tett bele, aztán kortyolt egyet. „Őt és El-t összeköti valami."
„Ebben igazad van, és jobb, ha felkészülök a bolt megnyitására. Szólj, ha kész a reggeli" - mondta Abe a mosogatóba téve az edényeket, és elment, hogy felkészüljön a munkára.

A családi szobában Benjamin bekapcsolta a tévét. Azonnal felismerte Katie házát. Mindenütt kamerák, médiák voltak. Az ingatlant sárga rendőrségi szalaggal zárták le. Valami rossz történt ott, ezt már tudta. Most ki akarta deríteni, hogy mi. Felhangosította a hangerőt. Közelebb ment.

A tengerészkék erődöltönyt és sötétkeretes szemüveget viselő riporter egy fehér furgon mellett állt, amelyen a helyi televíziós csatorna monogramja díszelgett.

„Carly Wright vagyok, az Ontario Streetről jelentkezem, ahol nemrég egy holttestet találtak. A férfit Mark David Wheeler néven azonosították. Közvetlen hozzátartozóit értesítettük. A rendőrség keresi azokat a szemtanúkat, akik látták őt bemenni a mögöttünk lévő házba, amelynek lakói Jennifer és Katie Walker. (Felemelt két fényképet.) Mindketten eltűntek, utoljára péntek reggel látták őket a vízpart közelében".

Várjunk csak, Katie anyjának szőke haja volt a fotón. Amikor látta, fekete volt a haja - parókát viselt azon a napon a vízparton? És ha igen, miért?

A riporter folytatta. „Mark Wheeler egy jól ismert családból származik ebben a régióban. Egy olyan családból, amely az évek során számos jótékonysági szervezetet segített. A temetés és a látogatás részletei később következnek. Ha bárkinek információja van Mrs. Walkerről vagy a lányáról, kérem, lépjen kapcsolatba a helyi rendőrséggel, vagy hívjon fel engem."

Magába tekeredett, amikor arra gondolt, hogy egy holttest van Katie házában. Egész testében remegni kezdett. Hogy elterelje a gondolatait a hírekről, visszament a konyhába, és bedugta a vízforralót. Miközben az felforrt, kinézett az ablakon. A napsugarak megcsókolták a járdát, ahogy a mókusok leveleket emelgettek, miközben madarak repkedtek ki-be az etetőn. Fogalmuk sem volt róla, hogy gyilkosságot követtek el, vagy hogy egy kislány sikoltozva ébredt fel a bőrébe ágyazódott üvegszilánkokkal. Az életük ugyanúgy ment tovább, függetlenül attól, hogy mi történt az emberekkel az őket etető házakban.

Amikor a vízforraló fütyült, elzárta a serpenyőt, de nem készített még egy csésze teát. Ehelyett továbbra is a konyhaablakon kívüli normalitást figyelte, és nem gondolt semmi másra, amíg már nem érezte a késztetést, hogy megborzongjon vagy megremegjen.

FEJEZET 31

KATIE ÉS EL

„Anyuci! Anyu!" Katie még mindig csukott szemmel sikoltott.

Ahogy a reggeli nap beáramlott a csapkodó műanyagon keresztül, El a karjában tartotta Katie-t. „Minden rendben lesz, kicsim."

Katie kinyitotta a szemét - nem otthon volt, és nem a saját ágyában. „Anyu!" - kiáltotta. „Hol van az én anyukám?"

El elengedte a lányt, amikor az elhúzódott.

Benjamin, aki hallotta Katie sikolyait, átvette az irányítást. „Katie, jól vagy, és mindenki az anyukádat keresi. Emlékszel Elre? És, emlékszel rám, Benjamin?"

Katie kinyújtotta a kezét, és megfogta Benjamin kezét, majd Elét. Az arcához szorította őket, miközben a könnyei folytak, aztán észrevette a kötéseket a kezén. Lerúgta magáról a takarót, és meglátta a lábán lévő védőcsomagolásokat. „Mi történt?"

„Reméltük, hogy el tudod mondani nekünk" - válaszolta Benjamin.

Katie rugdosta a lábát, ahogy küzdött, hogy levegye a kötéseket. Amikor azok meglazultak, megpróbálta levenni a kezén lévőket. El megragadta a kezét, visszatolta a takarót a lábára, és dúdolt, hogy megnyugtassa. Perceken belül Katie a vállának dőlt, és csendesen pihent.

Néhány pillanattal később Katie azt mondta: „Emlékszem, hogy hallottam, ahogy anyukám hív engem".

„Álmomban?" Benjamin megkérdezte.

El a füle mögé tűrte Katie haját.

„Én voltam az?" - kérdezte a kislány. „Én törtem be az ablakot?"

„Csitt, gyermekem" - mondta El. „Benjamin megjavította, és nemsokára megint olyan lesz, mint az eső. Nem számít, hogyan törték be. Nekünk csak az számít, hogy biztonságban vagy. Az ablakokat mindig meg lehet javítani."

„De engem nem?" Katie megkérdezte.

El átölelte őt. „Tökéletes vagy úgy, ahogy vagy."

Benjamin megkérdezte: „Emlékszel valamire? Egyáltalán bármire az álomból?"

„Anyu hívott engem, ez minden, amire emlékszem".

A trió csendben ült. El azon gondolkodott, hogy mi történhetett. Benjamin azon gondolkodott, mennyire örül, hogy a lányt nem rabolták el, vagy nem esett neki komoly baja. Katie azon tűnődött, hol lehet az anyja, és mit fognak reggelizni.

„Éhes vagyok - mondta, és megveregette korgó gyomrát.

„Benjamin malackodó társasága áll a rendelkezésedre" - mondta.

Katie a nyaka köré fonta a karját, szorosan megkapaszkodott benne, és elindultak a konyhába.

„Szeretnél a kis palacsintasegítőm lenni?" Kérdezte El. Katie bólintott és mosolygott; Benjamin talált neki egy helyet a munkalapon. „Ez egy titkos családi recept" - mondta El, miközben két tojást ütött a lisztbe, és kavargatni kezdte. Amikor kész volt, egy merőkanállal a forró grillrácsra öntötte a tésztát. „Oké, ideje megfordítani őket. Látod, hogy bugyborékolnak?" Segített a kislánynak megfordítani a palacsintákat.

„Könnyebb, mint gondoltam" - mondta Katie. „Főleg ezekkel a nagy sütőkesztyűkkel."

„Segítettél már valaha is az anyukádnak főzni?"

„Néha, de soha nem engedte, hogy a munkalapra üljek, vagy palacsintát forgassak."

„A főzés szórakoztató lehet."

„Nem a hagymavágás - attól sírni kezdek, és az ízét sem szeretem."

El nevetett. „Egyszer majd megmutatok neked egy titkot, hogyan kell víz alatt felvágni, hogy ne sírj." Aztán Benjaminhoz: „Mindjárt kész, szólnál Abe-nek?"

Katie felnevetett. „Hagymát vágni a fürdőkádban? Ez vicces, El. Az én lábam is büdös lenne."

„Nem, butus. Úgy értem, a mosdókagylóban. Bár igazad van, ha a fürdőkádban vágnád fel, biztosan büdös lenne a lábad, és minden más is."

Katie és El kuncogott, miközben együtt terítettek. Hamarosan Benjamin és Abe is csatlakozott hozzájuk.

Mindenki jóllakott, majd Abe azt mondta, hogy vissza kell mennie a boltba.

„Majd én feltakarítok" - mondta Benjamin. „De feleannyi időbe telne, ha segítenél nekem."

„Azt hiszem, a vásárlók várhatnak" - mondta Abe.

„Öltözzünk fel" - mondta El Katie-nek, és kimentek a konyhából.

Amikor már hallótávolságon kívül voltak, Benjamin azt mondta: „Beszélnünk kell, Abe".

"Mia helyzet?" Abe megkérdezte.

„Egy Mark Wheeler nevű férfit holtan találtak Katie házában. Benne volt a hírekben."

„Ah..."

„Ez minden, amit mondani akarsz?"

„Gondolkodnom kell" - mondta Abe. „Akár dolgozhatnánk is, amíg mi rendet rakunk."

Amikor minden a helyére került, Benjamin bement a nappaliba, és bekapcsolta a tévét.

„Jobb, ha becsukod az ajtót" - mondta Abe, amit Benjamin meg is tett.

„Azt hittem, vissza kell menned a boltba."

„Igen, de csak úgy mellékesen láttam, hogy a híreket adják. Átment a szobán, és felhangosította a hangerőt.

„Ezzel is megtehettem volna" - mondta Benjamin, felemelve a konvertert.

„Már kész" - mondta Abe, és leült.

Egy másik, Clark Kentre hasonlító riporter állt a Walker-birtok pázsitján.

Azt mondta: - Mark Wheeler családját jól ismerik ebben a közösségben. Az évek során nagylelkűségük sok életet érintett meg és javított meg jótékonysági szervezeteknek és alapítványoknak adott adományaikkal. A kábítószerrel való kapcsolatra vonatkozó állítások azonban vizsgálat tárgyát képezik".

„Jaj, ne" - mondta Benjamin.

„Shhhh."

A riporter folytatta. „A mögöttem lévő ház lakóit keressük. Jennifer Walkert és a lányát, Katie Walkert." Felemelt egy fényképet. „Ha bárki látta, vagy bármilyen információval rendelkezik Katie és Jennifer hollétéről, kérem, hívjon minket, vagy lépjen kapcsolatba a helyi rendőrséggel."

„Mi van, ha valaki látott minket, amint Katie-vel vásároltunk?"

„Shhh."

„Bárki, akinek információja van Mark Wheelerről, hívja a bizalmas forródrótot. A szám a képernyő alján van." Újra felemelte a Jenniferről és Katie-ről készült fényképet. „Feltétlenül meg kell találnunk ezt a kettőt, mielőtt bármi bajuk esne. Kérem, ha odakint vannak, és látták vagy tudnak valamit a hollétükről - hívják a rendőrséget. Bármilyen információ hasznos lehet. Még az önök számára jelentéktelennek tűnő információ is adhat némi támpontot, hogy segíthessünk nekik. Doug Falcon tudósítása az SJB TV-től."

Abe és Benjamin néhány percig hallgatott. Aztán Benjáminnak eszébe jutott, hogy Katie anyjának sötét haja volt aznap, amikor látta, a fényképen pedig, amelyet a riporter tartott a kezében, szőke volt. Benjamin beavatta őt ebbe az emlékbe.

„Igen, az a kíváncsi szomszéd, akivel beszéltem, Judy Smith említette a parókát".

„Úgy érti, hogy már beszélt róla Miller őrmesternek?"

„Nem, de valószínűleg kellett volna."

„Mindenképpen be kellene avatnia Miller őrmestert a parókáról. De mi van, ha valaki tudja, hogy Katie itt van velünk? Mi van, ha ezért törték be az ablakot tegnap este? Katie azt mondta, hogy hallotta az anyját hívni. Vajon kint volt az utcán, Katie szobája alatt, és őt hívta?"

Benjamin felugrott.

„Hagyd abba - mondta Abe. „Először is, azt mondtad, hogy a könyvtámasszal belülről törték be az ablakot. Katie valószínűleg rémálmot látott. Különben is, Miller őrmester tudja, hogy Katie itt van velünk, és nem engedné, hogy ez az információ bárkihez is eljusson."

„Mégis, mindenhová elvittük. A boltba, egy kávézóba. Valaki biztosan észrevette. Különleges külsejű gyerek."

„Ülj csak le ide, és ne aggódj. Felhívom Miller őrmestert, vagy még jobb, ha leugrom hozzá, és beszélek vele."

Elindult az ajtó felé. „Addig is maradj bent, és mondd meg Elnek, hogy a bolt ma zárva maradjon."

„Milyen indokot adjak neki? Magyarázzak el mindent, amit Wheelerről megtudtunk?"

„Egyáltalán nem. Győződj meg róla, hogy ha a tévé be van kapcsolva, amikor Katie jelen van, soha nem a híreket nézi."

„Úgy lesz."

FEJEZET 32

AZ ÁLLOMÁSON

A be elsétált a rendőrőrsre, ahol éppen sajtótájékoztató zajlott. Miller őrmester állt az élén. Miller egy emelvény mögött állt, miközben a mikrofon az ő magasságába volt emelve. Riporterek garmadája tolakodott be kamerákkal a kezükben. Az egyik riporter elkiáltott egy kérdést. Abe átkönyökölt a médiacirkuszon, hogy feljusson a lépcsőn és bejusson az épületbe. Utálta a tömeget, és ennek a teljes káosznak a középpontjában nem akart lenni. Miller egy biccentéssel nyugtázta Abe jelenlétét, ahogy elsuhant mellette és be az épületbe.

Egy riporter felkiáltott: - Mi van az eltűnt gyerekkel? Van valami nyom?"

Egy másik riporter azt kiabálta: „Mit tudnak a kislányról és az anyjáról? Milyen kapcsolatban álltak Wheelerrel?"

Miller felemelte a kezét, hogy lecsendesítse a zabolátlan koronát. Amikor lecsillapodtak, így válaszolt: „Egyszerre csak egy kérdést kérek. Először

is, a gyereket eltűntnek jelentették - nem tűnt el. Valójában tudjuk, hogy hol van, hol van Katie Walker - nevelőszülők biztonságos őrizetében van".
Egy nő hallhatóan zihált a tömegben. Néhány másodpercre egy szőke nő tűnt ki a többiek közül. Egy pillanatra félrenézett, és a nő eltűnt.
„Megvizsgálta már orvos Katie Walkert?" - kérdezte egy másik riporter.
„Mindent a megfelelő időben" - válaszolta Miller. „Szükségünk van a segítségére, hogy megtaláljuk a gyermek anyját. Nulla nyomunk van."
Eszébe jutott, hogy Katie anyja szőke volt, nem pedig sötét hajú, ahogyan eredetileg jelentették - a tömegben fürkészte a nőt, akit korábban megpillantott. Nem volt szerencséje. Sehol sem látta a nőt.
„Egy utolsó kérdésre válaszolok, és ne pazarolja arra a kérdésre, hogy hol van a gyerek, csak annyit mondhatok, hogy biztonságban van és jól van". Kiválasztotta a következő riportert, hogy kérdezzen: „Mondja csak, Maggie". Maggie-t már évek óta ismerte a helyi újságtól. Nem olyan volt, mint a többiek. Igazi újságíró volt.
„Jó reggelt, Miller őrmester - mondta Maggie.
Miller bólintott.
Maggie megkérdezte: „Mivel a gyerek, Katie gondozásban van, miért tartott ilyen sokáig, hogy elmenjen az otthonába és nyomozzon?". Bár Maggie nem mozdult, a környező újságírók igen. Lökdösődtek és lökdösődtek, kiabálva, hogy közelebb kerüljenek.

„Nos, Maggie - mondta Miller. „A gyereket, mármint Katie Walkert pénteken hagyták magára a Waterfrontnál. Az otthoni címére csak tegnap hívták fel a figyelmünket."

„Nem igaz" - kiáltotta egy másik riporter.

„Elég volt" - mondta Miller, ököllel a pódiumra csapott, és hátrált a mikrofontól.

Ugyanez a riporter azt kiabálta: „Beszéltünk a szomszéddal, egy bizonyos Judy Smith asszonnyal. Ő megerősítette, hogy egy idős férfi járt a házban előző nap. Ugyanaz a férfi, akit tegnap látott az önök rendőrautójában ülni".

Miller tovább sétált, nem törődve a hangzavarral, örült, hogy a riporterek nem voltak elég okosak ahhoz, hogy kettőt és kettőt összekapcsoljanak, hiszen a férfi, akiről beszéltek, épp az imént csúszott el mellettük és ment be az épületbe.

Mielőtt belépett volna az őrsre, a riporterekhez fordult. „Megvoltak a kérdéseik. Most pedig hagyják, hogy mi végezzük a munkánkat, maguk pedig a magukét. Segítsenek nekünk megtalálni a gyermek anyját. Köszönjük, hogy időt szakítottak ránk." Átlépett a forgóajtókon, és az irodájába ment.

Abe, aki ültében otthonosan érezte magát, most felállt, hogy kezet rázzon Millerrel. Abe azt mondta: - Láttuk Katie fényképét a tévében, és hallottunk a halott férfi holttestéről. Micsoda borzalmas lelet. Nem csoda, hogy olyan csendben voltál, amikor hazavittél".

„Mindent a kötelesség teljesítése közben" - mondta Miller. „Kávét?" Abe egy kézlegyintéssel utasította vissza. Miller folytatta: „A riporterek ki vannak éhezve egy sztorira, bármilyen sztorira. Nem hallotta az utolsó kérdést. Az a nő - a kíváncsi szomszédod - említette, hogy meglátogattad a házat, és a járőrkocsimban voltál. Amikor elmegy, meg kell győződnünk róla, hogy úgy jut haza, hogy senki sem követi".

„Jaj, ne - mondta Abe. Az íróasztal túloldalán a barátjára nézett. Úgy nézett ki, mintha öregedett volna az elmúlt napokban. „Aludtál egyáltalán? Pokolian nézel ki."

„Aludtam? Az meg mi? Próbáltam összerakni a darabkákat, ez egy nehéz ügy. Azt hittük, hogy van egy nyomunk az anyával kapcsolatban, de nem jött össze. Mintha nyomtalanul eltűnt volna." Megcsörrent a telefonja. „Oké, köszönöm, hogy szóltál."

„Nincs új nyom?"

Miller közelebb hajolt. „A halottkém volt az. Egy új holttest. Egyelőre nincs személyazonossága."

„Mi a megérzésed? Ő Katie anyja?"

„Nem tudom megmondani, mert nem tudom."

„És a halott férfi, ki volt az? Úgy értem, tudom a nevét. Kapcsolatban áll a drogokkal. Nem tudom elhinni, hogy bármelyik anya ilyen veszélynek tenné ki a gyerekét."

„Állítólag. Ki tudja, miért teszik az emberek, amit tesznek? Amikor a házban voltunk, a kandallópárkányon volt egy fénykép Katie-ről és Markról. Furcsának tűnik, hogy egy anya megengedné, ha meg akarta ölni a barátját." Szünetet

tartott, félt, hogy túl sokat mond, aztán témát váltott:
„De igen, az ujjlenyomatai világítottak a rendszerben. Ez az indíték, amit feszegetünk, hogy megtaláljuk."
„Egy indítékot, mint egy maffiagyilkosság?"
„Ööö, ne hagyja, hogy elszabaduljon a fantáziája" - mondta Miller. „Ami az indítékot illeti, azt nem tudom." Miller őrmester felemelte a telefonkagylót. Amikor a recepciós felvette, azt mondta: „Igen, egy civilt kell kikísérni az épületből." Meghallgatta, majd így válaszolt: „Igen, a hátsó ajtón. Gondoskodjon róla, hogy ne kövessék."

Abe felállt: „Kedves barátom, te velem jössz. Fogadok, hogy a feleséged és a gyerekeid hiányoznak, és aludnod kell".

Miller őrmester elvben egyetértett Abe-vel, de túl sok dolga volt. Mégis időt szakított arra, hogy megbizonyosodjon arról, hogy barátja biztonságban elhagyta az épületet, és hazafelé tart.

„Tiszta a terep" - mondta a sofőr. Miller becsukta Abe autójának ajtaját, figyelte, amíg a kocsi eltűnt a látóteréből, majd visszatért az irodájába.

FEJEZET 33

SZŐKE FLASHBACK

Szép vasárnap délután volt, és családok sétáltak. Sokan piknikeztek, mások edzettek vagy a vízpart közelében pihentek. A levegő édes illatú volt, mint amikor a tavasz nyárba fordul. A madarak csicsergése és röpködése szinte minden fán látható volt. Egy taxi hátsó ülésén egy nő figyelte a városi eseményeket. Azt kívánta, bárcsak neki is lenne elég pénze, hogy itt élhessen. Most egy piros lámpánál megállt, és egy családot figyelt meg, amint egy frizbit dobál ide-oda. Amikor a lámpa átváltott, és az autó továbbgurult, a nő tovább figyelte őket, amíg már nem látta őket.

Gondolatban végiggondolta, mit fog mondani a húgának. Korábban is kért már pénzt, és a nővére adott - de vonakodva. Leginkább azért, mert tudta, hogy hova megy a pénz, ami a droggal kapcsolatos adósságai kifizetésére szolgált. Az idősebbik nővére végül beadta a derekát. Mégis utálta, hogy abban a helyzetben volt, hogy kérnie kellett. Különösen személyesen. Remélte, hogy ha már ott volt, megpillantja a kis Katie-t, talán még be is mutatkozhat neki. Most, hogy már hétéves volt, talán még emlékezni is fog rá.

A sofőr egyszer-kétszer visszapillantott rá a visszapillantó tükörben. Megigazította a tükrös napszemüvegét, és diszkréten letörölt egy könnycseppet.

„Mit nézel?" - kérdezte.

„Semmit" - felelte a férfi, és befordult az Ontario Streetre. "Milyen számot is keresett?"

Az a ház volt az, amelyet rendőrségi szalaggal vettek körül, és mindenütt cirkálók álltak.

„Hajtson tovább!" - parancsolta a nő. „Hajtson tovább!"

„Oké, de most hová, hölgyem?" - mondta, miközben megfordult.

„Csak vezessen, hadd gondolkozzam!" - kiáltott fel a nő. Elővette a telefonját a barna táskájából, és megnyomta a gyorstárcsázót. Csörgött és csörgött és csörgött. Kikapcsolta, körmeit a karfába vájva. Vett egy mély lélegzetet, és megnyomott egy másik számot a gyorstárcsázón. Az elsőhöz hasonlóan ez is válasz nélkül maradt.

„Hölgyem, tudnom kell, hová tartok."

„Csak vezessen, amíg azt nem mondom, hogy álljon meg", kiabálta.

„Oké, hölgyem, maga a főnök." Céltalanul hajtott tovább, megállt és elindult, amikor a lámpa zöldről pirosra váltott. „A festői úton megyünk."

Az Ontario-tó partján mentek vissza. A pénzszámlálót és a felfelé menő költségeket látva a nő megnézte, hogy van-e készpénz a táskájában. A hitelkártyái már kimerültek. „Hol van a rendőrőrs?" - kérdezte.

„Néhány háztömbnyire innen."

„Vigyen oda" - mondta a lány. Útközben végiggondolta, mit mondjon, mit meséljen magáról. Észrevette, hogy tömeg torlaszolja el a kapitányság bejáratát, miközben azon tűnődött, vajon van-e ennek bármi köze a nővére házához.

„Csak engedjen ki, odaát" - követelte, átnyújtva a sofőrnek egy maréknyi érmét és néhány összegyűrt bankjegyet.

Lelapította a ruhája elejét, amely most statikusan tapadt rá. Mögötte meghallotta a nővére és Katie nevét. Előre tolakodott, várta, mit fog mondani a férfi a pódiumon.

Amikor elárulta, hogy a lánya jól van, és nevelőszülőknél van, majdnem elájult. Vett néhány mély lélegzetet, és elhagyta a területet, magába zárkózva örült, hogy a lánya jól van. Ami a húga eltűnését illeti, nos, ez majd idővel megoldódik.

Tovább sétált az ellenkező irányba, amerre jött. Öt centis magassarkút viselt, nem volt felkészülve egy hosszabb séta bárhová is. A szellő simogatta csupasz karját, és örült, hogy legalább ma este nem volt esélye az esőnek.

A közelben gőzölgő, forró marhahamburgerek, édes hagyma és zsíros sült krumpli illata korgásra késztette a gyomrát. A tökéletes másnapos étel. Most gyakorlatilag nincstelenül kellett beérnie a belélegzett kalóriákkal. Hogy elterelje a figyelmét, megpróbálta felidézni azoknak a számait, akikről azt hitte, hogy segíthetnek neki, de az eredmény ugyanaz volt.

Két ajtóval lejjebb talált egy használtruha-boltot. A kirakatban egy szőke lány állt, úgy tűnt, buliba öltözött. Nézte a próbababa arcát, és elképzelte, hogy nézne ki most a kislánya. Évek óta nem látott róla képet.

Kizárta magából - ahogy mindig is tette, amikor a dolgok túl soká váltak számára. „Tagolódjatok." Ezt mondta neki mindig a pszichiátere. De a házat... látta, sárga szalaggal elkerítve - rendőrségi szalaggal -, mint a CSI-ben vagy a Gyilkossági nyomozóban. A nővére háza volt. A nővére, aki a gyermeke anyja volt. Egy gyermeknek, akiről senki sem tudott.

Néhány ajtóval lejjebb tömeg gyűlt össze. Csatlakozott hozzájuk, és egy feliratos hírműsort látott. A nővére és a lánya fotója az „Eltűnt személyek" címszó alatt. Aztán Mark Wheeler fotója a „Meggyilkolták, drogkapcsolat" címszó alatt.

A két eset összefüggött. A térdei most adták meg magukat, és lecsúszott a járdára.

„Jól vagyok" - mondta, miközben idegenek segítettek neki újra talpra állni. Megköszönte nekik, és remegő bokával elrobogott.

Hallott erről a Mark Wheelerről a drogvilágban. Most pedig halott volt. Hogy került a húga kapcsolatba vele? Ő maga volt a kapcsolat? Tartozott nekik pénzzel.

Azt mondta, hogy visszafizeti. Nem is volt olyan sok. A nővére egyszer, kétszer - már nem is számolta, hányszor - visszafizette a drogadósságát. Biztos, hogy nem a húgáért mentek volna. Még szerencse, hogy nem tudták, hogy Katie az övé. Ha nem tudták volna, akkor hogyan került Wheeler holtan? Ez a kapcsolat hozta a gengsztereket a nővére házához?

Igyekezett nem gondolni rá, miközben Isten tudja, hová botorkált. Kábultan, részben félrebeszélve emlékezett arra a napra, amikor Katelyn megszületett. Fiatal volt, tizenhét éves, túl fiatal ahhoz, hogy anya legyen, mégis, amikor először látta a lányát, minden olyan anyai érzést átélt, amit egy anyának éreznie kell.

Tizenhét évesen elég idős volt ahhoz, hogy megszülje a gyermeket, és felébredjenek benne az anyai ösztönök, de ahhoz nem volt elég, hogy meggyőzze arról, hogy tartsa meg az újszülöttet. Hogy felnevelje őt. De, ó, az a kis arcocskája. Az illata. A rózsaszín illata. A karjában bölcselte a telefonját, miközben lépkedett.

Könnyes szemmel mondta magának, hogy térjen magához. Akkoriban a legjobbat tette Katelynnel, amikor odaadta őt a nagyobbik nővérének, hogy nevelje fel.

Elveszve, sehova sem mehetett, senkivel sem beszélhetett, vádolta magát, amiért a városba jött. Amiért drogfüggő volt. Amiért a nővére házába ment. Mindenért - az egész átkozott ügyért.

Egy férfi, akinek olyan büdös volt a szaga, mint amilyennek kinézett, belebotlott.

„Vigyázz!" - kiáltotta, amitől a szerencsétlen férfi könnyekben tört ki. Belenyúlt a táskája aljába, talált néhány kósza érmét és egy torokcseppet, és a férfi kezébe nyomta őket.

„Köszönöm" - hintázott ide-oda a férfi. Ráfújt a cukorkára, és a szájába dugta, majd megkérdezte: „Eltévedtél?".

„Új vagyok a városban" - mondta a nő. „Van errefelé valami látnivaló?"

A férfi az állához tette a kezét, ahogy végignézett a lányon. „Van ott fent egy híres viadukt, menj tovább, nem tudod eltéveszteni. Csodálatos a kilátás."

„Köszönöm" - mondta a lány, miközben elsétált.

Alig várta, hogy megnézze a nevezetességet, kinyitotta a táskáját. Kivett egy cigarettát a csomagból, és rágyújtott. Egy hosszú szippantás segített megnyugodni. Elgondolkodott azon, hogy mit kellene tennie, de nem jött válasz.

※※※

Katie biológiai édesanyja megállt, hogy megpihenjen. Maga a park teljesen aktív volt, gyerekek és kutyák futkároztak akarva-akaratlanul. Kedve támadt még egy cigarettára, de nem gyújtott rá. Ehelyett inkább a nevetést hallgatta. Mert valójában nem volt hová mennie. A telefonja rezgett; Anson volt az. „Hol vagy?" - kérdezte.

„A nővérem lakásának közelében, de ő nincs itthon."

„Nos, már készen van a rendelésed. Először is ki kell fizetned, amivel tartozol. Mikor jössz vissza érte? Nem tarthatom itt túl sokáig. Ha nem tudsz fizetni, akkor tovább kell adnom valaki másnak. Tudja, van egy várólistám."

„Nem tudok azonnal visszajönni, de szükségem van rá. Van rá esély, hogy eljöjjön értem? Visszafizetném. Bármit megtennék."

Splat! Egy gyerek, egy kisfiú labdája felpattant, és eltalálta a cipője orrát. A lány visszarúgta a fiúnak.

„Köszönöm, hölgyem" - mondta.

„Nem tudok érted jönni. Ez nem taxiszolgálat" - kattant a vonal, és a másik végén elhalt.

Anson volt az utolsó reménye, hogy visszajusson. Elveszítené önmagát és mindent, amire gondolt. Egyetlen ütés, és eltűnne - minden gondolat - minden érzelem - még ha csak egy kis időre is.

„Gyere le ide!" - kiáltotta az anyja. „Te mocskos kis ribanc!"

Évekkel ezelőtt történt, de úgy játszódott le a fejében, mintha most történt volna. Még az anyja szagát is érezte, a hintőpor és a Jack Daniels keverékét.

A nővére sokkal inkább volt az anyja, mint az anyja. Az apjuk lelépett, rögtön azután, hogy ő a világra jött, és az anyja mindig őt hibáztatta a távozásáért.

„Te kergetted el!" - kiabálta.

Az anyja pedig férfiakat hozott haza. Férfiakat, akik segítettek neki fizetni a lakbért, ételt tenni az asztalra. Férfiakat, akik szörnyetegek voltak. Szörnyetegek, akiktől az anyjának meg kellett volna védenie a lányát.

Sóhajtott. Az évekig tartó terápia lehetővé tette, hogy megbocsásson az anyjának. Elfogadta, hogy a legjobbat tette, amit az adott körülmények között tehetett.

Ez volt az: A Viadukt.

Megborzongott, feltűnően magasan volt - de igen, a hajléktalan azt mondta, hogy a kilátás odafentről biztosan megéri a mászást. De a cipő a lábán csípte, és félúton, belefáradva a cipelésbe, beledobta az Ontario-tóba. Nevetve gondolt arra, hogy egy teknősbéka vagy hal nézi őket, ahogy a tó fenekére zuhannak.

Amikor felért a csúcsra, a kilátás elállította a lélegzetét. Csúfságokat látott, épületeket, amelyeknek valaha funkciójuk volt. Most ember nélküliek és gondozatlanok voltak, a falaikon gaz nőtt fel. Volt ott egy csupasz szépség, amit ha nem lett volna olyan magasan, még jobban tudott volna értékelni.

A másik irányban pedig az Ontario-tó. Követte a víz útját. Jobbra felbukkant az egyik cipője, és néhány pillanattal később a másik is csatlakozott hozzá. Úgy úsztak, mintha egy szellem táncolna, ahelyett, hogy a vízen járna.

Nevetett, először halkan, majd hisztérikusan. A ruhája úgy gomolygott körülötte, mintha egy felhő belsejében lenne.

Kilépett a párkányra. Rossz anya volt, rosszabb, mint az anyja volt. Az ő anyja legalább maradt, és a lányait a közelében tartotta. A bíráskodást Istenre, vagy Jézusra, vagy akárkire hagyta.

Katie biológiai anyja úgy érezte, hogy nem érdemes megmenteni. Neki nem lehetett megbocsátani. Még magának sem tudott megbocsátani.

Hamis körmeit végigharapdálta a karján. Végigkövette a nyomokat, amelyeket a tűk hagytak, amelyeket oly sokáig használt. Most az ujjaival érezte őket. Még ha le is szokott volna a szokásról, felismernék a sebezhetőségét, és könyörögni kezdenének, hogy etessék.

Közelebb lépett a peremhez. Behunyta a szemét. Beleszagolt a virágok illatába. Hallgatta a sirályok kiáltását. Aztán beleesett az Ontario-tó hűvös vizébe, mint egy bábu, akinek elvágták a zsinórját.

Amikor a Viaduktól nem messze rátaláltak, még huszonnégy órája sem volt a vízben. A szemei tágra nyíltak, mintha még mindig elgondolkodott volna valamin, ami valahol éppen csak elérhetetlen volt számára.

Katie biológiai anyja lent a hullaházban várta az azonosítását.

FEJEZET 34

EL, ABE ÉS KATIE

Gyere vissza az ágyba - mondta Abe, miközben El összeszedte a holmiját, hogy elvigye Katie szobájába. Megcsókolta a homlokát: „Kérsz egy csésze kakaót?".
„Olvasol a gondolataimban."
„Maradj itt, a takaró alatt, és tartsd magad melegen. Még néhány kekszet is bedobok."
„Köszönöm, szerelmem." Hallgatta, ahogy El a konyhában kanyarog, és közben dúdolt. Megértette, hogy a feleségének szüksége van a gyermek vigasztalására, de neki is szüksége volt vigasztalásra. Emellett aggódott, hogy a nő túlságosan is ragaszkodik hozzá. Miért, egy-két nap múlva Katie anyja visszatérhet. Soha többé nem látnák őt. És akkor mi lesz?
El visszatért a tálcával. Kifelé menet homlokon csókolta.
Katie felült, és Elre várt. „Haza akarok menni - mondta a szemét dörzsölgetve.

„Nem tetszik itt neked?" El már tudta a választ, amikor megkérdezte.

„Dehogynem."

Abe bedugta a fejét: „Ki sír?". El megpróbálta elzavarni. „Miben segíthetek, kicsim?"

„Haza akarok menni, és venni valamit."

„Na jó" - mondta, és leült az ágy végére. „Először is, Elnek és nekem nincs kulcsunk a házatokhoz, ahogy Benjáminnak sincs".

„Én be tudok jutni, az ablakon keresztül. Fel kellene emelned - egyszer már megtettem, amikor anyu elfelejtette a kulcsát."

„Mire van szükséged?" Kérdezte El.

„Szerintem nem kéne elmenned" - válaszolta Abe.

„Szeretném megszerezni a cuccomat."

De neked ott van a gyönyörű babád, kicsim - mondta El.

„Ó, ő szép, de nekem már örökké megvan a plüssmacim, és ő most egyedül lesz."

„Hadd gondolkozzam rajta" - mondta Abe. „Most pedig hallgass és aludj, különben El-nek vissza kell mennie a saját szobájába."

Katie szó nélkül bebújt a takaró alá, és lehunyta a szemét. Abe rákacsintott Elre, és kifelé menet becsukta az ajtót.

FEJEZET 35

ABE ÉS BENJAMIN

Abe bevitte a tálcát a konyhába, és rendet rakott, majd bement a nappaliba. Benjamin a kanapén aludt, a háttérben pedig zúgott a tévé. Kikapcsolta, majd a tinédzserre dobta a paplant. Abe visszament a szobájába, és elaludt. A konyhában lévő edények hangja és a reggeli főzés illata megéheztette. Rápillantott a rádiós órára - már fél tíz volt! Felvette a házikabátját, és kiment a konyhába.

„Fel kellett volna ébresztened!" - kiáltott fel.

Katie felugrott.

„Sajnálom" - mondta. „Először jó reggelt akartam mondani."

El bólintott, Katie elmosolyodott. Hátrált ki a konyhából a nappaliba, ahol Benjamin a tévét nézte.

„Jól aludtál?" Abe érdeklődött.

Benjamin nem szólalt meg, helyette feljebb tekerte a tévé hangerejét, hogy hallja, mit mond a riporter a hírekben.

„Egy női holttestet sodort partra a víz ma reggel az Ontario-tó partján".

Benjamin karján felállt a szőr. „Istenem, remélem, ez nem Katie anyja."

A bejárati ajtajuk előtt újság csapódott a lépcsőre. Abe felvette, és meglátta Katie és Jennifer Walker fényképét a címlapon, az „Eltűnt anya és lánya" címszó alatt. Összetekerte az újságot, és bedobta a szemetesbe.

„Gyere és vedd el" - szólította El, és mindannyian együtt ültek le reggelizni.

FEJEZET 36

SGT. MILLER

Az RCMP-vel találkozót beszéltünk meg az állomáson. Őket hívták be, amint Wheeler-t azonosították. Be kellett vonnia őket a képbe Katie hollétével kapcsolatban. Az információt titokban tartják.

Eközben egy újabb holttestet sodort partra a víz az Ontario-tó partján. Nyilvánvalóan a karjain végigfutó nyomokkal.

Mielőtt az RCMP megérkezett volna, Miller felhívta Abe-t, hogy megkérdezze, hogy Katie hogy van.

„Rémálmai voltak. Betört egy ablakot, és egy kicsit megsérült. El megoldotta az egészet, és a gyerek nem sérült meg komolyan".

„Ó, ezt sajnálattal hallom" - mondta Miller. „Nehéz egy gyereknek idegen ágyban, idegen otthonban aludni."

„Jelenleg csak arra vágyik, hogy hazamehessen. Hiányzik neki valami, amit ő csak úgy hív, hogy 'a tömött mackója'.

"Sajnálom Abe, de ez szóba sem jöhet."
"De nem tud aludni."
Miller felemelte a hangját; becsukta az ajtót. "Abe, semmi esetre sem mehetsz oda. Mi van, ha egy riporter meglát téged, és hazáig követ?"
"Hallom, amit mondasz."
"Maradjatok csendben, mindannyian. Majd jelentkezem, és ne feledjétek, van egy megoldatlan gyilkosságunk. És nem tudjuk, hol van Katie anyja."
Tétovázott. "Katie lehet az egyetlen nyomunk. És tudom, hogy ez túlzásnak tűnik, de a gyerekek éleslátóak. Néha rálátnak dolgokra, olyan dolgokra, amelyek segíthetnek megtalálni az anyját, megmenteni az anyját, mielőtt túl késő lenne."
"Tehát úgy gondolja, hogy Mrs. Walkernek köze lehetett a drogszcénához, mióta ő és Wheeler... uh, randiztak?"
"Egyelőre nem tudom a választ, de nincs jele betörésnek."
"Katie elmondta Benjaminnak, hogy Wheeler volt az, aki egy drága babát adott neki, tehát többször is járt a házban. A másik ironikus rész az, hogy talán tőlünk vásárolta a babát."
"Tényleg? Átnézted a könyvelésedet, hátha van valami feljegyzés a rendelésről? Lehet, hogy ez egy nyom. Talán lehet valami."
"Nem tettem, és tudod mit, egészen mostanáig, amikor elmondtam neked, eszembe sem jutott, hogy megnézzem a könyvelésemet. Arról nem is beszélve, hogy mivel a baba a gyerek másolata,

valamelyikünknek itt, ha valóban tőlünk rendelt, látnia kellett Katie fényképét. Nem emlékszem, hogy láttam volna, de tudod, emlékezet - és öregedés. Ez az egyik első dolog, ami elmúlik." Abe felnevetett.

Miller azt mondta: „Igen, értem, de kérem, nézzen utána, és szóljon, ha talál valamit. Bármit. A fizetés módja. A megrendelés dátumát."

„Csak karácsony előtt kínáljuk ezeket a babákat, úgyhogy elég könnyű lesz lenyomozni, ha valóban tőlünk rendelte."

„Nézd meg, hátha találsz még valami információt Katie-től. Bármi ötletet, hogy hova mehetett az anyja. Nyaralási célpontok. Rokonok. Barátok. Bármit."

„Jobb lenne, ha kiküldenél valakit? Egy szakértőt, aki ért a gyerekek kikérdezéséhez?" Abe megkérdezte.

„Továbbá, ha már kiküldesz valakit, miért nem küldöd el, hogy elhozza a tömöttet?"

„Ezt meg kell beszélnem a felletteseimmel. Lehetne, mint következő lépés. Egyelőre téged, Benjamint és El-t ismeri. Figyeld őt, anélkül, hogy tudtára adnád. Kérdezz tőle, ha megengedi, anélkül, hogy aláásnád a bizalmát, amit irántad táplál. Jelenleg csak te vagy neki. Lehet, hogy tanúja volt valaminek, ami mindannyiótokat veszélybe sodorhat."

„Ahogy mondtam, rémálmai vannak."

„Igen. A trauma okozhat rémálmokat, alvajárást. Az ismeretlen környezetben való tartózkodás normális körülmények között is alkalmazkodást jelent. Ezek messze nem normálisak." Miller habozott. „Ha jobban belegondolok, megkérem az egyik tisztemet, hogy ugorjon be egy DNS-készlettel. A tiszt egy egyszerű kenetet vesz Katie nyálából. Ha bármiről is beszélni akar. Mármint valakivel az otthonán kívül, akkor a Tisztem lehetőséget ad neki erre."

„Milyen okos ötlet, és köszönöm, hogy szóltál - mondta Abe. „Azt hiszem, amikor a gyereket egyedül hagyták a parkban, lehet, hogy elhagyatottságot szenvedett. Ez azonban nem okozhat maradandó károsodást, ugye?"

„Attól függ, milyen a természete, nem tudom megmondani, Abe. Hasznos lenne, ha utánanézne, hogy van-e bármilyen információ az aktáiban."

„Úgy lesz."

„Majd jelentkezem."

„Köszönöm."

FEJEZET 37

ELVESZETT ÉS MEGTALÁLT

Napsütéses délután volt, egy felhő sem volt az égen - tökéletes nap a horgászathoz.
    James és Andrea Richards éppen az Ontario-tavon voltak a csónakjukkal, amikor a nő észrevett valamit, ami a vízen úszott. Elővette a távcsövet, és közelebbről is megnézte. Pattogott és mozgott, de úgy nézett ki, mint egy női kézitáska.
    „Istenre esküszöm, ott van egy kézitáska" - mondta a férjének, és átnyújtotta neki a távcsövet. „Lehet, hogy valakit éppen itt, a tónál gyilkoltak meg." Megborzongott, bár meleg volt, és átkarolta magát.
    James megpillantotta. „Túl sok Agatha Christie-regényt olvastál."
    Gúnyolódott.
    „De azért menjünk ki, és nézzük meg közelebbről, hogy megnyugodj. Elvégre ma nem harapnak a halak."
    „Köszönöm, szerelmem" - mondta a lány.
    James a csónakot az úszó tárgy irányába mutatta, és percekkel később a felesége egy kézitáskát

összeszedve használatba vette a halászhálót. Ahogy kiemelte a hálóból, észrevette, hogy az még mindig zárva van. Kíváncsi volt, hogy száraz-e a tartalma, ezért kinyitotta.

„Várj!" - kiáltott fel.

Túl későn, mert a lány előhúzta a pénztárcát. Minden, ami benne volt, száraz volt. Bár most, hogy belegondolt, rájött, hogy mindannak ellentmondott, amit a tévéből és a könyvekből tudott, amikor megzavarta a tartalmát.

Sebaj, már megtörtént. Kinyitotta a tárcát, és talált benne egy jogosítványt, néhány hitelkártyát, egy babafotót, egy tubus fogkrémet és fogkefét (utazóméretűt), egy telefont lemerült akkumulátorral és egy kis körömragasztót.

„Azt hiszem, jobb, ha hívjuk a rendőrséget" - mondta.

„Van készpénz?" James megkérdezte.

„Nincs készpénz" - mondta, miközben tárcsázta a 911-et.

Miután elmondták a rendőröknek, hogy mit találtak, azt mondták nekik, hogy egy rendőr találkozik velük a parton. A pár néhány pillanatig csendben sodródott, miközben a sirályok a fejük fölött sikoltozva kapkodták el a körülöttük ugráló halakat.

„Persze, most már éhesek!" Mondta James, miközben beindította a motort, és elindult.

FEJEZET 38

MORGUE

Később, miután Patterson felhívta, Miller átment a hullaházba.

„Megerősítettük, hogy az ismeretlen nő nem több huszonnégy évesnél, és hosszú távú erős drogfogyasztó. Ilyen nyomokkal már régóta függő. Emellett primőr is."

„Hány éves lenne a gyerek, ha élne?"

„Hét, talán nyolc éves."

„A kor illik rá" - mondta Miller. „Van valami szokatlan a leleteidben?"

„A drogja a kokain volt. A halála időpontjában az elmúlt huszonnégy órában nem fogyasztott. Erős fogyasztó volt - nagy mennyiségű benzoylecgonin metabolikus felhalmozódása az idő múlásával, de semmi új keletű."

„Gondolod, hogy megpróbált leszokni a szokásról?"

„Nagyon valószínűtlen, hacsak nem volt beutalva a legjobb elvonókúrára."

„Micsoda pazarlás. Jobb, ha megyek az irodába. Szólj, ha találsz még valamit" - mondta Miller, és az ajtó felé vette az irányt.

„Úgy lesz."

Miller telefonja megszólalt.

„Merrefelé?" - kérdezte. „Igen. Magam is el tudok érte menni. Nem probléma. Már úton vagyok. Amint megvan, máris indulok. Köszönöm."

Miller találkozott Richardsékkal, akik átadták a táskát.

„Mi történik, ha senki sem jelentkezik érte?" Andrea megkérdezte.

„Megőrizzük bizonyítékként, amíg valaki nem jelentkezik" - mondta Miller. „Köszönöm, hogy átadta."

FEJEZET 39

BENJAMIN ÉS ABE

Miller küldött egy sms-t Abe-nek, és közölte vele annak a rendőrnek a nevét, aki meglátogatja Katie-t, és DNS-mintát vesz tőle. Abe hazatelefonált, és beavatta Benjamint a részletekbe.

„A neve Lane rendőrtiszt, és bármelyik pillanatban megérkezhet".

„Még semmi nyoma" - mondta Benjamin.

„Ha megérkezik, kérd meg El-t, hogy adjon neki egy csésze teát, és várjon meg, amíg odaérek." A háttérben hallotta, hogy csengetnek.

„Túl késő, már itt van, El pedig a vendégekkel van elfoglalva."

„Mondd meg neki, hogy zárja be az üzletet, és azonnal jöjjön be."

„Rendben."

„Vége és kilépek", mondta Abe.

Benjamin üzent Elnek, hogy zárja be a boltot, és azonnal jöjjön be a házba. Kinyitotta az ajtót.

„A nevem Lane rendőrtiszt" - mondta.

El megérkezett, és megkérdezte: „Mi a vészhelyzet?".
Benjamin kinyújtotta a kezét.
„Katie-hez jöttem" - mondta Lane. „És hogy DNS-mintát vegyek."
El kinyújtotta a kezét. Behívta Lane rendőrtisztet a nappaliba.
„Ő itt Lane rendőrtiszt, Katie."
„Katie, szólítson csak Lacey-nek. Van itt valaki, aki azt mondja, hogy hiányzol neki." Elővett egy rongyos plüssmacit.
A gyerek szeme felcsillant, ahogy elfogadta a plüssét. „Edward" - kiáltott fel. Aztán Lacey rendőrnek azt mondta: „Ó, köszönöm". A mackónak azt mondta: „Annyira hiányoztál". A füléhez szorította az arcát, és azt mondta: „Igen". Ezt követte: „Tényleg?"
Lane rendőr elmosolyodott. „Az Edward szép név. Örülök, hogy újra együtt vagytok. Most pedig szeretnék veled beszélni, arról, hogy segíts nekünk megtalálni az anyukádat."
„Eltévedt?" Katie duzzogva kérdezte.
„Nem vagyunk benne biztosak - mondta Lacey -, de a segítségedre biztosan szükségünk lenne."
„Mit szeretnétek, mit tegyek?"
Lane rendőr belenyúlt a táskájába, és elővette a DNS-készletet. Kivett egy dákóhegyet, és kinyitott egy edényt, hogy beletegye. „Szeretném ezt a szájába tenni, és venni egy úgynevezett kenetet."
„Én csak a fülbe hallottam, hogy ilyet használnak" - nevetett Katie.

„Pontosan ezt mondaná az én kislányom is" - mondta Lane mosolyogva.

„Mi a neve?"

„Jemmának hívják, de mi Jemnek hívjuk."

„Milyen szép név, mint egy ékszer" - sugárzott Katie.

A tiszt elmosolyodott. „Puha, így nem fog fájni. Megfuttatom a szádban, aztán beleteszem ebbe a tartályba, és elküldjük egy laborba."

„Ha félsz, Katie" - mondta Benjamin -»Lane biztos úr, előbb tamponáljon le engem, hogy lássa, milyen«.

„Nem félek" - mondta Katie.

A tiszt elvette a mintát, majd felírta Katie nevét a címkére. Ráhelyezte a tartályra. „Mikor van a születésnapod? És hány éves vagy?"

„Szeptember elseje van, és hét és fél éves vagyok."

Miután a tiszt befejezte a tesztet, megkérdezte a többieket, hogy beszélgethetne-e Katie-vel egyedül.

„Nem muszáj" - mondta Benjamin. „Ha nem akarod."

„Igaza van Katie. Nem kell" - mondta Lane. „Segíteni akarsz nekünk, hogy megtaláljuk az anyádat, ugye? Úgy értem, ha tudnál segíteni, akkor akarnál, nem igaz?"

Katie Elre nézett.

„Micsoda kérés" - mondta El. „Persze, hogy segíteni akar, de ő még csak egy gyerek."

Katie biccentett Lane rendőrnek, és bevezette a szobájába, ahol megmutatta neki a babáját, és beszélni kezdett róla.

„Mark, Mr. Wheeler vette nekem ezt a babát, karácsonyra, meglepetésként. Mindig átjött, és meglepetéseket hozott nekem."

„Kedves volt?"

„Igen" - mondta Katie.

„Van még valami, amit el akarsz mondani?"

„Ő és az anyukám néha boldogok voltak." A lány félrenézett. „Máskor meg kiabáltak, és ő elment."

„Anyukád sírt? Amikor elment?"

„Igen, amíg el nem mentünk turmixért."

„Szereted a turmixot?"

„Igen, az epres a kedvencem."

„Akkor mi történt volna?" Lane érdeklődött.

„Ajándékokat küldött anyukámnak, és néha nekem is."

„Nagyon kedves tőle" - mondta Lane, miközben a baba hajával, majd Katie hajával játszott.

„Nem ugyanúgy érzik magukat" - mondta Katie. „Az enyém puhább."

„Igazad van."

„Ez azért van, mert El egy speciális balzsamot használ a hajamra, és minden este ötven simítással kifésüli, mielőtt lefekszem aludni. Azt mondta, hogy a felnőtteknek száz simítás jár, a gyerekeknek pedig ötven." Katie kuncogott.

Lane rendőr a leragasztott ablakra nézett: „Mi történt itt?".

„El azt mondta, hogy alvajártam. Nem emlékszem."

„Alvajártál már korábban is?"

„Nem hiszem" - válaszolta Katie. „El bekötözött. Ő képzett ápolónő. Anyukám tanárnő akart lenni, de..."

„Mi akadályozta meg?"

„Én, hogy megszülettem" - mondta Katie. Visszatette a babáját az ágyra, és megkérdezte: „Van még valami? Hogy segítsek megtalálni az anyukámat?"

„Azon gondolkodtam, hogy van-e neked nagynénik vagy nagybácsik, nagyszülők, barátok, akikhez anyukád esetleg elment? És mi van az apukáddal?"

„Anyunak van egy nővére, de soha nem találkoztam vele. Mami idősebb. A nagyszüleimmel sosem találkoztam. Soha nem találkoztam apukámmal."

„Hol él anyukád húga? Felhívhatnánk őt?"

„Nem tudom."

„Éltél valaha máshol is?" Lacey megkérdezte.

„Nem." Katie a lábára nézett. „Sajnálom, hogy nem vagyok nagy segítség."

Lane rendőr megveregette a fejét: - Nem is tudom, néha többet tudunk, mint gondolnánk. Gondolkodj tovább."

„Még egyszer köszönöm a cuccomat."

„Örömmel."

Lane rendőrtiszt a mintával a laborba indult, és felírta a kiemelt fontosságú listára. Rövid beszélgetés után sikerült az élre tolnia. Visszaindult az őrsre.

Miller kapott egy hívást Lane rendőrtől. „Ahogy kértem, egyenesen a laborba vittem Katie Walker DNS-mintáját. Összehasonlították a hullaházban lévő nővel - egyeznek."

„Nem örülök, hogy meg kell osztanom ezt a hírt. Ez a legrosszabb eredmény."

„Ha szükséged van rám, veled tartok, hogy támogassalak."

„Köszönöm az ajánlatot, de ez az az időszak, amikor a személyzetünkben dolgozó tanácsadó rendkívül hasznos lesz. Eddig nem volt okunk gyakran igénybe venni őt, mivel a telephelyen kívül dolgozik. Én nem sokszor voltam kapcsolatban Briggs tanácsadónővel, önöknek?"

„Még nem is találkoztam a nővel - mondta Lane rendőr. „Azt hiszem, én leszek az első, aki a mi állomáshelyünkről dolgozik vele."

„Bármi is történjék, őrmester, jól ki kell képzettnek lennie, hogy kezelni tudja."

„Nagyon remélem. Köszönöm, és találkozunk az őrsön." Megszakította a kapcsolatot, rájött, hogy nincs meg Eleanor Briggs száma a telefonjában. Újra felhívta az őrsöt, és megkérte a recepciós tisztet, hogy keresse meg a számot. Beírta az információt a telefonjába, majd felhívta Briggs-et, és tájékoztatta a helyzetről.

„Készen tudok állni, amint szüksége van rám" - jelezte Briggs.

„Rendben, negyedóra múlva beugrom érted - mondta Miller, és megfordult. Nem tudta megállni, hogy ne gondoljon Katie-re. Ez a hír összetörné a szívét.

Vonakodva tárcsázta Abe számát, és tájékoztatta a helyzetről.

Benjamin klausztrofóbiásan érezte magát, és azt kívánta, bárcsak kinyílna a bolt. Üdvözlendő figyelemelterelés lenne. Üzenetet küldött Abe-nek: „Hol vagy?"

Abe már majdnem otthon volt, amikor megkapta az üzenetet, aztán jött egy hívás Miller őrmestertől.

„Szomorú híreim vannak Katie édesanyjáról. A holttestét a Viadukt közelében találták meg."

„Öngyilkosság?"

„Nem zárták ki."

„Oké. Valóban hihetetlenül szomorú hír. Szegény Katie. Elmondjam neki most? Épp most megyek befelé."

„Nem. Egy tanácsadó és én átmegyünk, hogy elmondjuk Katie-nek. Te, Benjamin és El is jelen lesznek? Szüksége lesz a támogatásotokra."

„Uh, igen. Milyen szomorú végkifejlet. Természetesen mindannyian ott leszünk."

Hazaérve bement a családi szobába, és meglátta Katie-t egy plüssállathoz bújva. „Ez most ki?" - kérdezte.

„Ez Edward mackó, az én plüssmackóm."

„Szeretném közelebbről megnézni, ha beszaladnál a szobámba, és hoznád a szemüvegemet."

Katie kisurrant a folyosóra. Közelebb intette Benjamint és El-t, és elmondta nekik a szomorú hírt.

„Szegény Katie - mondta El, könnyes szemmel.

Benjamin nem szólt semmit.

„Miller őrmester átjön egy tanácsadóval, hogy elmondja Katie-nek. Szeretnék, ha itt lennénk, hogy támogassuk őt. A tanácsadó fogja kezelni a helyzetet, arra képezték ki, hogy segítsen a gyerekeknek a traumatikus helyzetekben."

„Katie megszakad a szíve, szegénykém. Mi lesz vele?"

„És miután elmondják neki, aztán mi lesz?"

Benjamin azt mondta, a vállai megereszkedtek. A teste magába roskadt, mintha épp most kapott volna egy ütést a gyomrába. „Elviszik őt, elküldik nevelőszülőkhöz - mármint idegenekhez?"

„Itt boldog - mondta El.

„Leszámítva az ablakos incidenst és a rémálmokat" - mondta Abe.

„Ez már nem a mi kezünkben lesz, miután megtudja, hogy az anyja elment. Lehet, hogy vannak rokonai" - mondta El.

„Ha nem, akkor a nevelőszülőkhöz kerül. Nem mehet a rendszerbe" - mondta Benjamin.

„Néhány napja már nálunk van, Miller őrmester gondoskodik róla, hogy Katie legyen az elsődleges, és ő ismer minket".

„Szeretjük Katie-t" - mondta El.

Katie Abe szemüvegével érkezett a szobába. Lehajolt, hogy a nő az arcára helyezhesse.

„Köszönöm, kicsim" - mondta, miközben megveregette a fejét.

Abe, El és Benjamin kört alkottak, Katie-vel a közepén. Felemelték, és körbe-körbe pörgették. Katie kuncogott, hátravetette a fejét, és azt képzelte, hogy repül.

FEJEZET 40

ROSSZ HÍREK

Az ajtón kopogtatás szakította félbe vidámságukat. Letették Katie-t a földre, majd Benjamin és El mögé állt. Mindketten a vállára tették a kezüket. Abe elment ajtót nyitni, és pillanatokkal később visszatért Miller őrmesterrel és a tanácsadóval.

Benjamin szorosabbra szorította a szorítását Katie vállán.

„Mindannyian ismernek engem - mondta Miller őrmester. „Kivéve téged, Katie, én a Julius régi barátja vagyok". Ő pedig Briggs jogtanácsos. Ő velem dolgozik lent a rendőrőrsön."

Abe megrázta Briggs férfias kezét, míg Katie, El és Benjamin ott maradtak, ahol voltak.

„Szép otthonuk van - mondta Briggs El irányába.

Briggs majdnem olyan magas volt, mint Miller, és ilyen vállakkal úgy nézett ki, mintha a Packersben játszhatott volna linebackert. Epres haja úgy nézett ki, mintha az ujját dugta volna bele a konnektorba, aztán hajlakkot kent volna rá. Az arcát pedig ahelyett, hogy kerek vagy ovális lett volna, a frufru, a haj és a nyak hiánya szögletesre formálta. Az orra nem volt középen, így sohasem lehetett tudni, hogy a kancsal zöld szemei rá néznek-e, vagy arra, akivel éppen beszélget. Briggs Katie felé haladt, aki Benjamin és El mögé bújt.

Miller így szólt: - Katie, Briggs tanácsos úr, Eleanor, szeretne mondani valamit. Fontos dologról van szó."

Katie ott maradt, ahol volt, amíg Benjamin és El meg nem fogta a kezét.

„Majd én elmondom neki" - mondta El, miközben ő és Benjamin a szék felé vezették. Amikor szemtől szemben álltak, El azt mondta: „Katie drágám, anyukád a mennybe ment".

Briggs közbeszólt. „Az édesanyád meghalt, Katie".

El a karjába vette Katie-t.

„Katie" - mondta Briggs, és lehajolt, hogy megérintse a hátát. „Megértetted? Az édesanyádról? Szeretnél valamit kérdezni tőlem? Nem baj, ha sírni szeretnél."

Katie nem szólt semmit, átment a szoba másik végébe, ahol kinyújtotta a karját, és forogni kezdett. Úgy nézett ki, mintha szélmalomnak tettetné magát.

„Nem halt meg" - énekelte egy túlságosan ismerős dallamra - Frere Jacques.

Benjamin könnyek csordultak végig az arcán, és a karjába kapta a lányt.

Katie mindeközben azt kiabálta: „Nem halt meg! Nem halt meg!", miközben apró, összeszorított öklével a férfi mellkasára csapott.

MINDENKI GYERMEKE 191

Benjamin hagyta, hogy a lány minden fájdalmat kiüssön magából, őt használva bokszzsáknak. Amikor a lány kiürült minden érzelemtől és kimerült, elernyedt a karjaiban, mint egy rongybaba. A férfi a szobájába vitte, és betakargatta az ágyába. A lány lehunyta a szemét. A könnyek időnként átszivárogtak, a férfi letörölte őket, és a kezét fogva figyelte, ahogy elalszik.

A folyosón Briggs Elhez fordult: - Katie most már a bíróság gyámsága alatt áll. Ők fogják eldönteni, mi a legjobb neki".

„Most vesztette el az anyját" - mondta El, és olyan erősen összeszorította az öklét, hogy a körmei áttörték a bőrét. „Miféle nő vagy te?"

„Hűha. Csak a munkáját végzi, El" - mondta Miller őrmester.

„Bírósági végzésre lesz szükséged, hogy eltávolítsd őt az otthonomból" - mondta Abe.

Miller őrmester rávillantott régi barátjára. „Várj csak, Abe. Nem áll szándékunkban megrohamozni a szobáját, és kitépni az ágyából. Még csak most vesztette el az édesanyját, és mi nem tennénk ilyet vele vagy bármelyik gyerekkel, sem most, sem soha. Különben is, ismer téged, és jobb neki egy ismerős helyen, olyan emberek között, akikben megbízik, és akiket ismer."

„Most már a családunk része" - mondta El.

„Igen, de ő nem a te gyereked" - mondta Briggs.

„Emellett vannak törvények és protokollok, amelyeket be kell tartani."

„Te egy rideg nő vagy" - mondta El, teljesen Briggs arcába kapva.

Miller széthúzta őket. „Majd én beszélek vele" - mondta Elnek. Aztán Briggshez: „Ezt majd kint megbeszéljük."

Briggs csípőre tette a kezét. „Persze, odakint folytathatjuk ezt a beszélgetést."

Tett egy lépést az ajtó felé, majd Elnek és Abe-nek szólt: „Szóval, tisztában vagytok az eljárással. Amint elintézem a papírmunkát, egy bíró dönt majd arról, mi lesz a következő lépés. A szokásos eljárás az, hogy a gyermeket átadják. Általában a következő huszonnégy-negyvennyolc órán belül. Ennek elmulasztása akadályoztatásért, veszélyeztetésért és esetleg börtönbüntetést von maga után. Minden a Katie ügyére kijelölt bírótól függ". Hátat fordított nekik, és a kijárat felé vette az irányt.

„Katie-nek hívják" - szólt utána El.

Miller bocsánatot kért bőszen, miközben követte Briggst az ajtón kifelé.

FEJEZET 41

MILLER ÉS BRIGGS

Miller kinyitotta a járőrkocsija ajtaját. Miután bejutott, becsapta. Miután vett néhány mély lélegzetet, kinyitotta az utasoldali ajtót, hogy Briggs beszállhasson a járműbe. Miközben a nő bekapcsolta a biztonsági övét, ökölbe szorított kezét a kormánykerékre csapta. „Nem kellett volna ennyire keményen bánni velük."

„Túlságosan ragaszkodtak, egy olyan gyermekhez, aki nem az övék. Egy gyermekhez, aki a családjához tartozik, nem pedig véletlen idegenekhez. Neki nagyobb szüksége van arra, hogy vér szerinti rokonokkal legyen, nem pedig leendő rokonokkal."

„Mi van, ha nincsenek vérrokonok?"

Briggs megrázta a fejét. „Ha nem nézzük meg, sosem tudjuk meg. Kötelességünk a gyerekkel szemben, hogy felkutassuk őket. Hogy minden követ megmozgassunk. Biztosítani, hogy a legjobb ellátásban részesüljön olyan emberekkel, akik segítenek neki feldolgozni a gyászát."

„Ők szeretik őt, a családjuk részévé tették, és én már évek óta ismerem őket."

„Tudom, hogy így van, de van valami. Valami nincs rendben. Nem tudom megmondani, de ott van."

Ahogy tolatott ki a kocsifelhajtóról, Miller újabb mély lélegzetet vett. „De ha ők nincsenek, lehet, hogy elrabolták vagy meggyilkolták volna. Megmentették, megmentették őt. Isten tudja, mi történt volna vele, ha egész éjjel egyedül marad a vízparton. Tudja, milyen az a környék sötétedés után. Drogosok és prostituáltak. A gyerek átkozottul szerencsés volt, hogy Julius családja rátalált, befogadta, és úgy bánt vele, mintha a saját gyereke lenne."

„Megértem, honnan indul, Miller őrmester, de még önnek is be kell látnia, hogy itt a gyermeknek kell elsőbbséget élveznie. Nekem pedig követnem kell az ösztöneimet."

Annyira dühös volt, hogy nem tudott megszólalni, ezért inkább a körmeit a bőr kormánykerékvédőbe vájta, miközben a nő tovább fecsegett.

„Ön már évek óta a rendőrségnél van, és a hírneve kiváló. És mégis hagyod, hogy a saját érzelmeid játszanak veled. Ahogy hallom, megengedted, hogy a rendőrség állja a számlát, és egy olyan gyereket keress, akinek a hollétéről napokig tudtál? Még a sajtónak is úgy tett, mintha még mindig nem csak az anyját, hanem Katie-t is keressük. Amint azt ön is nagyon jól tudja, mindkét esetben eljárásellenes volt a cselekedete."

Miller még mélyebbre vájta a körmét a kormánykerékvédőbe. Visszatartotta a lélegzetét, és az útra koncentrált. Ha nem így tesz, rendkívül dühös lesz, és... nem akarta elveszíteni az önuralmát, amikor a nő megfordítja a kapcsolót. Megpróbálja elveszíteni a hidegvérét azzal, hogy megkérdőjelezi a feddhetetlenségét. Ő volt a felettese, minden tekintetben, és mégis, itt dadogott, mintha...

„Ó, értem már - mondta a nő. „Ők a barátaid, és nekik nem lehet gyerekük, szóval hé, presto, itt van mindenki gyereke, akit senki sem akar."

Miller beletaposott a fékbe, amikor a lámpa sárgáról pirosra váltott. „Mit gondolsz, kivel beszélsz?" - követelte. „Először is, senki, ahogy te nevezed, „nem fizeti a számlát". Valójában követtem a protokollt, és jelentettem a D.P.C.-nek, hogy Katie Abe-nél és a feleségénél lakik. Azt mondta, hogy figyeljem a helyzetet, amit meg is tettem. És amikor az RCMP-t is bevonták, tudattam velük, hogy hol van Katie. Követem a protokollt."

Megrázta a fejét: „Sajnálom, ez nem személyes ügy. Ezért van a rendszer, hogy megvédje azokat, akik nem tudják megvédeni magukat."

A férfi bólintással nyugtázta az utolsó kijelentését, tudta, hogy igaz. Ott hagyni Katie-t, ahol volt, volt értelme, de Briggsnek egy dologban igaza volt, a szabályok azok szabályok. A tények így álltak: a házaspár idős volt, és ez befolyásolhatta a bíróságot.

„Ez az én hatásköröm - mondta Miller. „Ne hivalkodjon velem a szabálykönyvvel. Én betartottam a szabályokat, miközben téged még babakocsiban tologattak".

Briggs felnevetett.

Most már nyugodtabban folytatta. „A rendszernek vannak hibái, a gyerek, Katie nem veszett el a rendszerben. A Julius család gondjaira bízták, akik a közösségünk oszlopos tagjai."

Briggs egy darabig hallgatott. „Az átadott az a szó, ami ellen tiltakozom. Egy gyerek nem egy kiskutya, akit odaadnak. Egy bírónak kell megvizsgálnia a tényeket, és döntenie ebben az ügyben. A bíró feketén-fehéren fogja látni a dolgokat. Nem fogják befolyásolni az érzelmek."

„Én kezeskednék Abe és El mellett. A pokolba is, ha meghalnék, nem tudnék jobb párt elképzelni, aki vigyázna a saját gyerekeimre - mármint ha még gyerekek lennének. Az enyémek már mind felnőttek."

„Ez nem magáról szól, Miller őrmester. Ez nem a maga harca."

Miller hallgatott. Egy másik dologban igaza volt: ez nem az ő harca volt. Mégis, ismerte Abe-t és a családját.

Miller kitette Briggs-t a parkoló autójánál, és elindult az őrsre. A nő annyira feldühítette, feldühítette. Azt gyűlölte a legjobban, hogy mennyire igaza volt. Egyrészt a legtöbb bírót nem érdekelte volna Abe és El, meg hogy hány évesek.

Másfelől pedig fütyülnének Briggs tanácsos úgynevezett ösztöneire. Főleg akkor nem, ha ő kerülne be oda, és előbb Juliusék ügyét képviselné.

Úgy számította, hogy Briggsnek legalább harminc percbe telik, mire visszaér az irodába. Plusz-mínusz a forgalomtól függően. Addig is kidolgozott egy tervet, hogy akcióba lépjen.

Az irodába visszatérve Miller rákattintott az adatbázisra, és elolvasta Lane rendőrtiszt jelentését. Beírt egy frissített kiegészítést:

Dátum, idő. Alex Miller őrmester és Eleanor Briggs tanácsos találkozott a Julius család házánál, ahol Katie Walker tartózkodik, mióta az édesanyja eltűnt Dátum, Időpont. Abe, a felesége, El és a nevelt fiuk - gépelte át a nevelt - hozzáfűzte adoptált.

Megállt, mert nem volt biztos benne, hogy a fiú még mindig nevelőszülőknél van-e vagy már örökbe fogadták. Újra beírta a nevelt fiút, miközben Katie-t tájékoztatták az anyja haláláról.

Véleményem szerint a gyermeknek Juliusék családjánál kell maradnia. Ismeri őket, és bizalmat épített ki. A gyász időszakában ismeretlen környezetbe, ismeretlen emberek közé költöztetni őt, kegyetlen és felesleges változás lenne, és ez kihatással lehet a kislány esélyére, hogy túlélje édesanyja elvesztését.

Abbahagyta a gépelést, és újraolvasta. Úgy érezte, hogy foglalkoznia kell Briggs megérzésével. Az igazság az volt, hogy az egyetlen ember, aki felzaklatta a gyereket, maga Briggs volt.

Becsukta a fájlt.

Miller telefonon felhívta egy bíró barátját, Anders bírót, aki javasolta, hogy tűzzék ki az előzetes meghallgatást. Anders egyetértett azzal, hogy nincs ok a gyermek elszakítására.

„Kérje meg a kérelmezőt, hogy egy óra múlva jöjjön a bíróságra" - mondta Anders. „És máris mozgásba hozhatjuk a dolgokat."

„Köszönöm" - válaszolta Miller. Letette a kagylót, felhívta Abe-t, és elmagyarázta, miért kell sürgősen a bíróságra jönnie. „Találkozzunk a bejáratnál, amilyen gyorsan csak tudsz. Együtt meglátogatjuk Anders bírót a tárgyalótermében, és elintézzük a papírmunkát". Tétovázott, majd folytatta. „Szívességet kértem, ami remélem, elég lesz ahhoz, hogy Katie-t magával tarthassa" - mondta Miller. „Szóval, ne késsen el."

„Úton vagyok" - mondta Abe, és rendelt egy taxit. Amint beszállt a járműbe, még mielőtt bekapcsolhatta volna a biztonsági övét, utasította a sofőrt, hogy minél hamarabb vigye el a bíróságra.

„Ha megbírságolnak, önnek kell kifizetnie a számlát" - mondta a sofőr.

„Nem azt mondom, hogy szegje meg a törvényt, csak lépjen rá, és kerülje el a legeldugottabb útvonalakat".

„Hogyne" - válaszolta a sofőr.

E leanor Briggs az irodájában lapozgatta a Katie Walker nevű gyermek online aktáit. Bingó, talált egy friss jelentést, amelyet Lacey Lane rendőrtiszt írt. Ebben Lane azt írta, hogy Katie-nek rémálmai voltak és alvajáró volt. Egy alkalommal még önbántalmazást is elkövetett. El Julius ápolta őt anélkül, hogy mentőt hívott volna, azt állítva, hogy képzett ápolónő.

Az eredeti dokumentumhoz a következő kiegészítést gépelte be:

Dátum, idő. Eleanor Briggs tanácsos és Alex Miller őrmester elmentek Juliusékhoz, ahol Katie Walkert tájékoztatták édesanyja haláláról. Abe, El és Benjamin Julius is jelen volt.

Katie náluk lakott azóta, hogy édesanyja eltűnt a Dátumban. A gyermek úgy fogadta a hírt, ahogy az az adott körülmények között lehetséges volt.

El Julius azonban ellenségessé vált, amikor Briggs megpróbált közvetlenül kommunikálni a gyermekkel.

Miután elolvasta Lane rendőrtiszt jelentését, a jogtanácsos véleménye szerint az említett rémálmok közvetlen következményei lehettek Mrs Julius túlzott anyáskodásának. Ez aggasztó, mivel Katie édesanyját - a mai napig - életben lévőnek tartották. Ezért azt javaslom, hogy Katie Walkert azonnal távolítsák el Juliusék otthonából. Lehetőleg költöztessék át egy vér szerinti rokonhoz.

Abbahagyta a gépelést, és egy pillanatra elgondolkodott. Vajon az információ elolvasása fényt derített a zsigeri érzésére? Úgy döntött, hogy nem. Mégis, most már több információval rendelkezett, ami megerősíthette az ügyét.

Briggs biztos volt benne, hogy a legtöbb bíró követné az ő ajánlásait, és a kis Katie Walkert tartományi gondozásba venné.

Megnyomta a SEND-et.

FEJEZET 42

BRIGGS...

Egy barátja, aki Anders bíró irodájában dolgozott, tartozott Eleanor Briggsnek egy szívességgel. Felhívta és tájékoztatta a helyzetről. „A kurva anyját" - kiáltott fel Briggs. Anders nem az a fajta bíró volt, akit fel lehetett hívni és tárgyalni vele. Vele csak szemtől szemben lehetett tárgyalni. Kirohant az épületből, le a kocsijához, és elindult a bíróságra.

Briggs nem tudta elhinni, hogy Miller egy bíróhoz nyúlt, nemhogy egy olyanhoz, akivel soha nem látott farkasszemet. Bár jobban belegondolva nem gondolta, hogy Miller tudná, hogy összeütköztek. Aztán megint csak elterjedt a hír a körzetben. Az emberek beszéltek. Pletykáltak, mint minden más pályán. Túl sok volt a véletlen egybeesés.

Millernek tudnia kellett róla. Befordult a sarkon, és a kerekek csikorogtak, amikor a lámpa sárgára váltott.

Ököllel a kormánykerékre csapott. Még mindig nem tudta elhinni, hogy Anders bíró ülte le ezt az előzetes meghallgatást. Köztudottan engedékeny volt, és szerette az olyan történeteket, amelyek a szívéhez nőttek. Jó, igazságos és méltányos bíró volt, de a szívét az ingujjában hordta - egyesek szerint ez volt a legjobb bírói tulajdonsága. Briggs számára a szabályok szabályszerű betartása volt az egyetlen járható út. Ha Anders tudott volna a rémálmokról és arról, hogy Mrs. Julius nővérnek adja ki magát - az mindent megváltoztathatott volna.

Briggs éppen akkor ért a bírói irodába, amikor Miller és Abe kilépett.

„Elkéstél - mondta Miller. „Anders bíró jóváhagyta a kérésünket, hogy Katie egy hónapig Juliuséknál maradhasson. A határidő lejárta után újra tárgyalja az ügyet."

Briggs utat tört magának a két férfi között, belépett Anders tárgyalótermébe, és becsukta maga mögött az ajtót.

„Nem fog örülni, ha megkérdőjelezik a véleményét" - mondta Miller, miközben Abe-vel együtt elhagyta az épületet.

FEJEZET 43

ABE ÉS MILLER

Miller elégedett volt az eredménnyel, amikor hazavitte Abe-t. Az egyetlen dolog, ami a következő hónapban megváltoztathatná Katie helyzetét, az az lenne, ha egy rokona jelentkezne. Ellenkező esetben a gyermek határozatlan ideig a gondozásukban maradna.

Abe csendben volt, amíg az autó meg nem állt a háza előtt. „Mi történik, ha, Briggs keresztülviszi az akaratát, és Katie-t teljesen és teljesen idegenek közé küldik?"

„Megnyertünk egy döntést a javunkra, ne aggódjunk most emiatt."

„De én aggódom. Biztos vagyok benne, hogy Benjamin és El is aggódni fog. Mondjuk meg a gyereknek, hogy talán csak egy hónapig lesz velünk? Hogy felkészítsük?"

„Egy hónap egy olyan kislánynak, mint Katie, hosszú idő" - mondta Miller. „És még mindig az anyját gyászolja."

„Nehéz út áll előttünk, de köszönöm" - mondta Abe a kocsiból kiszállva. Intett, amikor Miller őrmester elhajtott.

FEJEZET 44

KATIE

Amikor Katie felébredt, a plafont bámulta. Az apró rózsaszirmok ma még szebbnek tűntek, ahogy a nap besütött rájuk. Nézte a vörös szirmokat, ahogy a levegőben táncolnak, gurulnak és szállnak, mint egy filmben.

El mélyen aludt mellette, Benjamin pedig a széken aludt. Eszébe jutott, hogy valami csodálatos történt, aztán valami kevésbé csodálatos.

Behunyta a szemét, és megpróbált visszaemlékezni a jóra és a rosszra is. A rendőrruhás férfira és az ijesztő nőre gondolt. Összerezzent, amikor eszébe jutott, hogy a nő megragadta őt.

Aztán eszébe jutott. A rossz nő azt mondta, hogy az anyukája meghalt, de nem. Sírva jajgatott.

Benjamin és El a karjába zárta a gyermeket.

„Nem halt meg - mondta könnyes szemmel.

„Minden rendben lesz - mondta El, visszaszorítva a könnyeit.

„Itt vagyunk melletted - nyugtatta meg Benjamin.

Benjamin tudta, hogy nem tudja elvenni a lány fájdalmát, az az övé volt, és csakis az övé. Ő maga is átélte a veszteség fájdalmát. Innen tudta, hogy segíthet neki azzal, hogy osztozik a fájdalmában, ahogyan Abe tette érte réges-régen. Akkor Abe-be öntötte a fájdalmát, most pedig hagyta, hogy Katie is belé öntse a fájdalmát.

FEJEZET 45

TOVÁBB KATIE

Amikor Abe bement, Benjamint és El-t Katie szobájában találta.
„Beszélnem kell veled, El - suttogta.
Kijött, Benjamin és Katie pedig ott maradtak az ajtó résnyire nyitva.
Abe kézen fogta a feleségét, és végigvezette a folyosón.
„Elviszik tőlünk?" - kérdezte.
„Gyere velünk a konyhába, amikor már rendesen tudunk beszélgetni."
Benjamin felébredt már hallgatózott, amíg el nem vonultak a konyhába.
„Nem, ma győzelmet arattunk, legalább még egy hónapig velünk maradhat, de lehet, hogy határozatlan ideig".
„Örülök, hogy nem kell áthelyezni. Nincs olyan állapotban, hogy elvigyék, hogy idegenekkel éljen. Nem tudnám elviselni."

„Ez csak ideiglenes, de Miller őrmester szószólójának köszönhetően ez egy győzelem."

„El kell mondanunk Benjaminnak."

Katie szobájába mentek. Ő aludt, Benjamin viszont sehol sem volt. Katie szobájába visszatérve El megsimogatta a kislány fejét. Visszahajtotta a takarót: a baba volt az, nem Katie. „Jaj, ne!" - kiáltott fel.

Az idős házaspár a ház minden szobáját átkutatta, majd kimentek a kertbe. Még mindig semmi nyoma sem Katie-nek, sem Benjáminnak.

„Hová mehettek?" Kérdezte El.

„Nem tudom - mondta Abe.

„Annyira zaklatott volt. Még csak azelőtt nyugtattuk meg, hogy beszélni akartál velem." A lány zihált. „Talán Benjamin azt hitte, hogy el fogják vinni, és ezért, ő vitte el, mielőtt ők el tudták volna vinni. Amikor kihívott a szobából... Biztos azt hitte." A kezébe sírt.

„Nem mehettek messzire."

FEJEZET 46

BENJAMIN ÉS KATIE

A karjában tartotta az alvó gyermeket, és beszállt a megrendelt taxiba.

„A húgom elaludt, mielőtt hazavihettem volna - magyarázta.

A sofőr megvonta a vállát.

Benjamin megsimogatta Katie haját, miközben az aludt. Elvinni őt, ez volt az egyetlen módja annak, hogy biztonságban legyen. Mindenütt veszélyek leselkedtek rá. Veszélyek, amelyektől csak ő tudta megvédeni.

Negyvenöt perccel később, a város másik felén...

„Itt kitehetsz minket - mondta Benjamin.

„Biztos, hogy jól alszik" - mondta a sofőr. Kiszállt, és kinyitotta az ajtót. Benjamin néhány bankjegyet nyomott a kezébe.

Az ajtónál álló férfi kinyitotta, és átvette a kulcsot. A liftben Katie egy pillanatra megmozdult, aztán újra elaludt.

A hetedik emeletre érve kinyitotta az ajtót, és óvatosan letette a lányt az ágyra. Behúzta a függönyt, takarót terített rá, és leült az ágy melletti székre. Elbóbiskolt.

„Mi történt? Hol vagyok?" Katie a szemét dörzsölgetve kérdezte, és megpróbált kikászálódni az ágyból. Nem sikerült, a párnán maradt. Eltelt néhány óra, és egy ismeretlen helyen volt. Egy olyan helyen, amelynek cukorkaselyem és égett pirítós szaga volt.

Benjamin megvárta, amíg Katie magához tér, mielőtt megszólította volna. Mivel a gyógyszerek, amelyeket beadott neki, már elhatározták, hogy beszélhet vele. Megmagyarázni a dolgokat. Megnyugtatni.

Nem akarta, hogy sikítson. Valaki meghallhatta volna, ha sikít. Akkor bántania kellett volna. Nem akarta bántani.

FEJEZET 47

ABE ÉS EL

„Azt hiszem, jobb, ha felhívjuk Miller őrmestert, és szólunk neki - mondta Abe. El megállította. „Miért? Minden rendben lesz. Vissza fogja hozni a lányt. Nem fog messzire menni, a babája nélkül nem."
„Rossz előérzetem van ezzel kapcsolatban" - mondta Abe. „Felhívom Miller őrmestert." Felállt, és a telefonhoz ment. Felvette, és tárcsázni kezdte.
„Igazad van, Abe." Közelebb lépett hozzá, éppen amikor a férje letette a telefont, és hátat fordított neki, hogy elsétáljon. „Nekünk kell jelentenünk. Mindkét gyerek eltűnt."
Szorosan a férje nyomában haladt. „Ez a mi felelősségünk. Meg kell találnunk a gyerekeket, méghozzá gyorsan."
„És meg is fogjuk, semmi ok a pánikra."
„Talán" - mondta El, miközben Abe ismét letette a telefonkagylót. „Talán. De..." El a bejárati ajtó felé

sétált. „Kimegyek, hogy szóljak nekik. Talán elbújtak. Bújócskáznak."

Abe elkapta a karjánál fogva. Visszahúzta a nappaliba.

El csendben figyelte, ahogy a férje járkált, és minden egyes perccel egyre izgatottabb lett.

FEJEZET 48

KATIE

Az ágy melletti széken ült Benjamin. Úgy nézett ki, mint Benjamin, de aztán mégsem. Elmosódott volt és messze volt.
Hol volt El? Hol volt Abe? Felnézett a mennyezetre, ebben a szobában nem voltak táncoló rózsaszirmok. A szoba forogni kezdett, miközben a gyomra a torkáig emelkedett.
Benjamin mellette állt, kezében egy jeges vödörrel, amibe belehányt. Amikor befejezte, bement a fürdőszobába, és lehúzta a vödör tartalmát a vécén. Hideg vizet engedett egy mosdókendőre, és visszament, hogy a gyermek homlokára helyezze.
„Most már jobban vagy?" - kérdezte, miközben a telefonja rezgett. Abe hívta. Kikapcsolta a telefonját, kivette az akkumulátort. Letette a földre, és megtaposta, majd a maradványokat a szemetesbe dobta.
Katie némán figyelte, amíg vissza nem tért. „Igen, köszönöm - mondta. Leült az ágy végére, és a

lányra nézett. „Hol vagyunk? Hol van az anyukám? Az anyukámat akarom! És hol van Abe és El? El-t akarom!"

Benjamin elfordult és felállt. „El kellett menniük. Ahogy anyukádnak is el kellett mennie." Áthaladt a szobán, és egy székre huppant. Felhúzta a lábát, hogy jógapózban üljön, aztán behunyta a szemét, mintha meditálni készülne.

Katie zokogott.

Kinyitotta a szemét. „Most már csak te és én vagyunk, te és én, kölyök." Újra lehunyta a szemét, és eltakarta az arcát.

Katie jajveszékelni kezdett: „Az anyukámat akarom. Az anyukámat akarom!"

Benjamin elindult felé a padlón.

A lány visszahőkölt tőle, és a karját maga köré tekerte.

FEJEZET 49

EL ÉS ABE

El egyre türelmetlenebbé vált Abe tétlensége miatt.
 „Valamit tennünk kell, most azonnal - mondta. „Az idő ketyeg, és bármi megtörténhet. Bárcsak ne akadályoztam volna meg, hogy felhívd Alexet. Bárcsak…"
 A telefonért nyúlt.
 „Ne tedd" - mondta Abe, és megragadta a karját. „Csak ne tedd."

FEJEZET 50

GUT FEELING (BELEK ÉRZÉSE)

Miller őrmester egy akta várta az asztalán, amikor visszatért az irodájába. Átlapozta a jelentést, amely megerősítette, hogy a halott nő neve Margaret (Maggie) Monahan. Megállt, és hátradőlt a székében. Várjon. Katie anyja Jennifer Walker volt. De a DNS-jelentés alapján Katie-nek volt egyezése.

Előrehajolt, és tovább olvasott Margaret Monahanról. Ahogy az ujja végigfutott az életrajzán, megerősítette a kapcsolatot: egy testvér. Margaret Monahan volt Jennifer Walker nővérének a férjezett neve.

Tovább olvasott, és felfedezte, hogy mindkét szülő meghalt Katie születése előtt. Tehát Katie sosem találkozott a nagyszüleivel.

Elgondolkodott Katie reakcióján a hírre. Hogy mennyire nem akarta elhinni - és igaza volt.

Miller kiviharzott az irodájából, mert el kellett mennie valahová, de még nem tudta, miért. Abe neve ugrott be a fejébe. Miért?" Felhívta őt. Nem vette fel. Valami mégis piszkálta. Kiment a kocsijához, megnyomta a szirénát, amely minden oldalról szétválasztotta a forgalmat, miközben Abe háza felé tartott.

Ahogy behajtott a kocsifelhajtóra, azonnal észrevette, hogy a bejárati ajtó tárva-nyitva áll. A szomszédos üzlet ablakán ZÁRVA tábla volt.

Miller bement, és odaszólt: - Van itthon valaki? Alex Miller vagyok. Abe? El?"

A ház rendezett és csendes volt. Nem hallatszott a tévé vagy a rádió hangja. De valami valóban nem stimmelt, az előérzete igaza volt. Elhúzta a fegyverét, és befordult a nappaliba vezető sarkon.

A padlón egy holttest feküdt: El Julius holtteste.

FEJEZET 51

ABE

Miután megpróbálta felhívni Benjamint - nem vette fel -, Abe kiment az utcára, és leintett egy taxit.

„Vigyen el a vasútállomásra" - követelte, miközben a tárcájában kotorászott. Sietségében elfelejtett plusz pénzt vinni magával. Majd az állomáson megszerzi.

„Persze" - mondta a sofőr, majd felhangosította a rádiót.

Abe újra megpróbálta felhívni Benjamint, de nem járt sikerrel. Vajon a fiú lenne olyan idióta, hogy elvigye a gyereket a titkos helyükre?

FEJEZET 52

KATIE ÉS BENJAMIN

Benjamin átkarolta Katie vállát, és szótlanul ültek egymás mellett az ágyon. A lány hozzábújt a férfihoz.

„Benji - mondta, és átkarolta a férfi derekát.

A férfi megcsókolta a feje búbját. Dúdolta, egy altatódalt, amíg a lány vissza nem aludt. A férfi befogta a fülét. Utálta a mini hűtőszekrény zümmögését. Kihúzta a konnektort a falból.

FEJEZET 53

MILLER ÉS EL

Jézusom, El - mondta Miller, és féltérdre ereszkedett, hogy megtapintsa a pulzusát. Ott volt, gyenge, de ott volt. A férfi a karjára támasztotta a lány fejét, és a lány kinyitotta a szemét.

„Ki tette ezt veled?"

„Abe" - suttogta a lány.

Miller közelebb hajolt, nem hallotta jól. Vagy mégis?

„Abe. Abe volt" - mondta a lány, és a szemei hátrahőköltek, miközben a szabad kezével a 911-et gépelte be a telefonjába.

Miután a mentőautó szirénázva elhajtott, Miller őrmester megpróbálta megtalálni Abe-t, Benjamint és Katie-t. Hol voltak ők? Vajon mindannyian elmentek valahová együtt, és itt hagyták El-t ebben az állapotban?

Miközben Miller mindent átfutott, és semminek nem volt egy centiméternyi értelme sem, megcsörrent a telefonja. Remélte, hogy valaki tud valamit. És hogy El rendbe fog jönni. Meg kellett, hogy legyen.

"Sajnálom, őrmester, de szívmegállás lépett fel - mondta a mentős. "Nem tudtuk megmenteni."

"Jaj, ne" - mondta Miller, és megszakította a kapcsolatot. Át kellett gondolnia a dolgot. Ki kellett tisztítania a fejét. Meg kellett találnia Katie Walkert, és meg kellett mondania neki, hogy igaza volt. Az anyja tényleg nem halt meg, de El igen. Hogyan közölte volna velük a hírt?

Miller felhívta az őrsöt, és kérte, hogy küldjenek le egy csapatot, hogy lenyomozzák a bejövő hívásokat.

"Amilyen gyorsan csak lehet - mármint tegnap" - mondta.

Pillanatokkal később egy csapat már úton volt Juliusék házához.

FEJEZET 54

BENJAMIN ÉS KATIE

Katie fejét átölelve, Benjamin előre-hátra és hátra-hátra hintázott. Úgy tett, mintha hintaszékben ülnének, pedig nem is voltak hintaszékben. Ehelyett a titkos helyen voltak. A titkos helyen, ahová az összes elfelejtett gyermek került.

A többi gyerek szaladgált és játszott, míg Katie tovább aludt. Benjamin integetett nekik, majd az ajkához tapasztotta az ujjait.

„Shhhh" - suttogta.

A lány hajával játszott, és azon gondolkodott, hogyan magyarázza meg a döntését. Nem ez volt az első alkalom, hogy elvitt valakit a titkos helyre: Van Gogh Napraforgók című festményének belsejébe.

De Katie volt a legfiatalabb, ezért minden szót gondosan, megfontoltan kellett megválasztania. Tudta, hogy amikor Katie először felébred, megijed. Ezért is adott neki többet az altatóból, amíg eldöntötte, mit tegyen. Remélte, hogy az átmenet nyugodt és egyszerű lesz. Mivel most már ő is árva volt. Együtt lesznek a többi gyerekkel. Senkinek sem kellett egyedül lennie, nem itt, ebben az új világban.

Eszébe jutott, amikor először ébredt fel Van Gogh világában. Abe nem is sejtette, hogy kikerült a testéből, miközben az öregember aljas dolgokat művel vele.

És most már soha nem is tudta volna meg. Mert ő, Katie és a többiek biztonságban voltak egy új világban, ahol felnőttek nem tartózkodhattak.

FEJEZET 55

ABE

A vasútállomásra érve Abe megnézte a menetrendet. Megvette a jegyet, majd szinkronizálta az óráját a várható érkezési idővel. Még várnia kellett egy darabig. Várni és aggódni. Átsétált a peronon, leült egy üres padra, és elkezdte egyenként végigvenni az aggodalmait. Ez a módszer, ahogyan az egyes problémákat kezelte, értékes stratégia volt számára a múltban.

Először egy mentális listát készített, amely El-lel, Benjaminnal kezdődött, és Katie-vel végződött. Rövid lista volt; olyan, amelyet könnyen és gyorsan kézbe tudott venni.

Az El-lel történt incidens sajnálatos volt. A lány túlreagálta a dolgot, ami miatt ő is ugyanezt tette. Bárcsak hagyta volna, hogy ő intézze a dolgokat. A múltban így tett, így elkerülve a konfrontációt. Nem ütötte meg keményen. Csak egy szerelmes csapás volt. Majd felépül és megbocsát mindennek,

ahogy mindig is tette. Hazatárcsázott, hogy megnézze, hogy van.
"Halló - ugatott egy hang, egy férfihang, amikor Abe a pénzautomata felé tartott.
Aztán miután felvett egy kis pénzt, megnézte, melyik peronra érkezik a vonata, és elindult oda.
Abe nem szólalt meg, mert némaságba merült, amikor felismerte Alex Miller hangját a vonal túlsó végén. Mit keresett ott? El hívta őt? Fel akarta jelenteni őt? Korábban sosem tett volna ilyet, mert mindig kettejük között oldották meg a dolgot.
"Abe te vagy az? El meghalt. Abe? Abe?"
Abe nem tudta elhinni. El nem lehetett halott. Elengedte a telefont, és az a járdára csapódott. Hallotta, hogy Alex a nevét kiáltja, felvette a telefont. Hála az égnek, hogy még működött.
"Mi van vele? Nem, nem lehet!"
Mögötte Miller csapata nyomozta Abe tartózkodási helyét, próbálták rávenni a telefonját, hogy szinkronizálódjon és sugározza a helyzetét. A tiszt kézjelekkel jelezte, hogy több időre van szükségük.
Miller azt mondta. "Csúnyán beütötte a fejét, hívtam a mentőket, de nem jutott be a kórházba. Hol vannak a gyerekek? Sem Katie, sem Benjamin nincs a házban. Hol vagytok?"
Abe a lépcső felé indult, haza akart menni. Tartania kellett magát a tervhez. Hogy megtalálja Benjamint és Katie-t.
A tiszt ismét jelezte Millernek, hogy nyújtsa ki a hívást azzal, hogy vonalban tartja.

„A bejárati ajtaja tárva-nyitva volt, amikor ideértem. Aggódtam érted, Abe. Olyan régóta barátok vagyunk, hogy csak úgy éreztem. Mintha szükséged lett volna rám, vagy ilyesmi" - Miller odanézett, a tartózkodási helyére nulláztak.

Folytatta. „Csak arra az időre gondoltam, amikor te és én kivittük a két fiamat a hajóra, és horgásztunk egy kicsit? Emlékszel még? Most már olyan réginek tűnik, meg kéne ismételnünk. Ezúttal elvihetnénk Benjamint és Katie-t is. Tetszene nekik. Nem gondolod?"

mondta Abe. „Nem tudom elhinni Elről. Hogy lehet, hogy meghalt? Ki bántaná El-t?" Megállt, majd megkérdezte: „Ő, mondott valamit?

„Nem, Abe, eszméletlen volt, amikor megérkeztem. Olyan régóta vagyok a rendőrségnél, és olyan régóta vagyunk barátok, hogy azt hiszem, kapcsolatban állunk. Ahogy mondtam, amikor megérkeztem, az ajtó tárva-nyitva állt."

Abe belélegezte a levegőt.

„Jól vagy? És te hol vagy? Megyek érted, látni akarod majd, és megkeressük a két gyereket, tudniuk kell."

Vonatfütty szólalt meg, amit csattogó hang követett.

„Most már mennem kell - mondta Abe. Öreg barátja elkalandozott - nem olyasmi, amit normális körülmények között tenne. El mondott valamit. Most megpróbálták megtalálni a tartózkodási helyét. Bedobta a telefonját a szemetesbe.

„Várj Abe!" Miller felkiáltott, és a tisztre nézett.

„Megvan a tartózkodási helye, egy vasútállomáson a keleti oldalon. Most ellenőriztem, és a peronon lévő vonat elindult, de ő még mindig a peronon van".

„Küldje el a helyszínt, azonnal odamegyek."

„Meglesz" - mondta a tiszt.

Amikor beszállt a kocsijába, a villogó lámpát a tetőre tette. Bekapcsolta a szirénát, amivel úgy vágott át a zsúfolt forgalmon, mint a vaj.

FEJEZET 56

ABE ÉS A VONAT

A vonaton Abe most a többi utastól távol ült, hogy gondolkodni tudjon. El eltűnt. Meghalt. Ő ölte meg, de baleset volt. Nem akarta bántani. Az élete semmit sem ért nélküle.

Az első megállónál figyelte az utasokat a peronon. Idegesítő volt látni, ahogy robotként járkálnak, és teljes figyelmüket a telefonjukra összpontosítják. Ha valaki mögéjük lépett, akár a sínekre is lökhették. Halottak lennének, mielőtt még észrevennék, mi történt. Szomorú, hová jutott a világ. Sétáló robotok.

Ezért kerülte olyan sokáig a mobiltelefon használatát. Csak amikor Benjamin megtanította neki, milyen előnyökkel jár, ha kéznél van, akkor próbálta ki. Amikor találkoztak, rövid időn belül, sms-t küldtek egymásnak. Az üzeneteik kódolva voltak, így senki más nem tudta, miről beszélnek. Izgalmas volt, szórakoztató.

El halálára gondolva Abe kitalált egy történetet a fejében. Egyet, amit legközelebb Miller őrmesternek mesélt volna el, amikor találkozott vele. Azzal kezdené, hogy elmesélné régi barátjának, hogy Benjamin, attól félt, hogy Katie-t gondozásba veszik. Benjamin, akit a nevelőszülőknél bántalmaztak. Hogy a szegény és zaklatott tinédzser véletlenül meglökte El. El a földre esett. Hogyan nézte meg ő maga, és El magához tért, majd El beleegyezésével kirohant a házból, hogy megkeresse Benjamint, aki elvitte Katie-t, miután bántotta El-t, és elmenekült.

Igen, mindazok után, amit a fiúért tett, meggyőzte volna, hogy menjen bele a történetbe. Megvoltak a módszerei, hogy meggyőzze a fiút, hogy tegyen meg bármit, amit csak akar.

Valaki beköltözött a mögötte lévő ülésre: a parfümje illatából ítélve egy nő. Körülnézett, igen, egy fiatal nő. Talán huszonöt éves lehetett. Úton a munkába vagy egy partira, gondolta, puccosan felöltözve. Figyelte, ahogy a nő előhúz egy almát a táskájából, és összerezzent, amikor beleharapott egyet, majd még többet. Tátott szájjal rágott. Egy kis almalé fröccsent a nyakára. A férfi letörölte. Undorító és idegesítő. Ropogott és rágott. Ropogott és rágott. Megfeszült vállakkal várta a következő roppanást, de az nem jött. Hátrapillantott, hogy megnézze, miért, és felfedezte, hogy a nő fuldoklik.

„Ismeri valaki a Heimlich-manővert?" Abe kiáltott, de csak ő és a nő voltak a kocsiban.

Becsukta, a száját, rájött, hogy a kiabálása felhívta a figyelmet a helyzetre, és egy másodperc töredékére, talán többre is, azt kívánta, bárcsak hagyta volna, hogy a nő megfulladjon.

Ahogy az utastársak feléjük igyekeztek, a férfi erősen hátba vágta a nőt, mire az kiköpte az almát a padlóra.

FEJEZET 57

MILLER

Miller átrobogott a forgalmon. Helyet foglalt a vasútállomás bejáratánál. Villogni hagyta a lámpáit, hogy a jegyellenőrök ne tartóztassák fel. Felrohant a lépcsőn.

„Mindjárt ott vagy. Egyenesen előre. Pontosan balra tőled" - mondta a felügyelő tiszt.

„A peronon rajtam kívül csak egy szemetes van" - mondta Miller. Odasétált hozzá.

„Igen, onnan jön a jel."

Miller őrmester felvette a kesztyűjét, és beletette a kezét a szemetesbe. Egy banánhéjat félrelökve megtalálta, amit keresett: Abe telefonját.

„Segíthetek?" - kérdezte egy kalauz.

„Igen, mikor indult el innen az utolsó vonat?"

„Tizenöt perce, de nem jutottak messzire."

Miller kétszer is megnézte magát. „Hogyhogy?"

A kalauz folytatta. „A vonat megállt egy vészhelyzet miatt, egy utassal a fedélzeten. A mentők begyűjtöttek egy nőt, és úton van a kórházba. Az áldozat egy alma torkán akadt. Azt mondják, rendbe fog jönni, csak a biztosítási okokból vizsgálják meg."

„Mi volt a vonat végállomása?" Miller megkérdezte.

„Ez egy expressz, tehát csak egy megálló a végállomáson."

„Köszönöm" - mondta Miller. Lerohant a lépcsőn, beszállt a járművébe, és bekapcsolta a szirénát.

FEJEZET 58

ABE AZ IRGALMAS SZAMARITÁNUS

Abe már nem ült a vonaton, és fogta a nő kezét, akit megmentett. Egy mentőautó hátsó ülésén ültek, és úton voltak a kórházba. Nem sokkal azután, hogy a nő kiköpte az almát, megérkezett a mentőautó. A bosszantó fiatal nő nem volt hajlandó beszállni a járműbe, hacsak Abe nem megy vele a kórházba.

„Ő az én jó szamaritánusom" - mondta a nő.

Miután a mentősök hordágyon betolták a nőt a kórházba, Abe meglátta az esélyt a menekülésre. Hívott egy taxit. Amíg a peronon várakozott, a mentőautó sofőrje kijött.

„Köszönöm, hogy kézbe vette a helyzetet, és megmentette az életét".

„Hogyne" - mondta Abe a nyitott ablakon keresztül. Aztán a sofőrnek: „Tegyél ki a Magnolia és az Oak sarkán".

A fehér furgon elhajtott, miközben a mentős beült a jármű vezetőfülkéjébe. A rádión keresztül üzenet hangzott el, amelyben arra kérték az összes sofőrt, hogy figyeljenek egy olyan férfit, aki megfelel Abe személyleírásának.

FEJEZET 59

MILLER ÉS ABE

Miller telefonja megcsörrent. „Egy mentőautó sofőrje hívott. Azt mondta, hogy egy Abe személyleírására illő férfi néhány perce távozott egy fehér furgonnal. Igen, a kórházból. Azt mondta, Abe megmentette egy nő életét a vonaton."

„Ez már jobban hasonlít arra az Abe-re, akit én ismerek. A sofőrnek sikerült megtudnia a rendszámot?"

„Nem, de hallotta, hogy az idős úr azt kérte, hogy a Magnolia és Oak sarkára vigyék."

„Már majdnem ott vagyok" - mondta Miller, és megszakította a kapcsolatot. Kíváncsi volt, mi lehet a közelben - ez egy közismerten lepukkant környék volt, ahol még nappal is kurvák sorakoztak az utcákon.

Néhány háztömbbel később egy fehér furgon állt meg a lámpánál a Magnolia közelében. Miller kiszállt a járművéből, és az utasoldalhoz lépett. Abe nem volt egy tavaszi csirke, de nem akart kockáztatni, hogy esetleg elfut. A járműben nem volt utas.

Abe felmutatta az igazolványát, majd megkérdezte, hogy hozott-e ide utast, egy idősebb úriembert. A férfi bólintott. „Hová ment?"

„Kiszállt, néhány háztömbnyire hátra. Készpénzzel fizetett, aztán azt mondta, hogy a hátralévő utat gyalog teszi meg."

„Ilyen közel" - mondta Miller, miközben visszatért a járművéhez, majd meggondolta magát, és a járdára lépett. Föl-le nézett - Abe-nek nyoma sem volt. Átment az utcán, ott is ugyanezt tette, és meglátott valakit, aki egy táskával a kezében jött ki egy üzletből. Néhány háztömböt kellett futnia, hogy utolérje - a lámpákat figyelmen kívül hagyva -, de végül megpillantotta.

Miller figyelte, ahogy öreg barátja felkapaszkodik a lépcsőn. Egy portás nyitott neki ajtót, és megemelte a kalapját.

Miller megvillantotta a jelvényét a portásnak, majd bement. A liftajtók bezárultak, és elindultak felfelé a hetedik emeletre. Fontolóra vette, hogy felszáll a lépcsőn, de inkább megvárta, amíg a lift újra lefelé jön. Belépett, megnyomta a gombot, és pillanatokon belül a megfelelő emeleten volt, ahol négy ajtó közül választhatott. Melyik volt Abe-é? És mit keresett egy ilyen környéken lévő lakásban? Óvatosan lépkedett ajtóról ajtóra, a fülét erősen az ajtóhoz szorítva figyelte, hogy nem hallatszik-e valami hang odabentről.

Semmit sem hallott, amíg a négyes számú ajtóhoz nem ért.

FEJEZET 60

A SZOBA

A szobában Abe mozdulatlanul állt, miközben próbált levegőhöz jutni. Elvesztette az eszét? Egy pillanatra azt hitte, hogy meglátta odakint Alex Millert. Kizárt, hogy a régi barátja követte volna - a telefonját eldobta.

Kinyitotta a táskát, kicsomagolta az új eldobható telefonját, és bedugta, hogy feltöltse. Aztán elővett két zacskó cukorkát - Benjamin kedvenceit. Egy tálba töltötte őket, amelyet az éjjeliszekrényre helyezett. Ahogy körülnézett a szobában, észrevette, hogy két pohár áll a dohányzóasztalon. Tehát ott voltak, vagy ott voltak. Rájött, hogy szomjas, töltött magának egy pohár hűs vizet.

Kiitta, majd töltött egy második poharat, és a homlokához szorította. Jól esett, ezért a helyén tartotta, miközben körülnézett a szobában.

Mögötte csöpögött a csap. Eszébe jutott, hogy a sok ülésük egyikét követően az ágyban feküdt, és Benjamin mellette aludt. A csap már akkor is csöpögött, csöpögött, csöpögött. Ki kellett kelni az ágyból, meghúzni. Visszamenni az ágyba, és megint csöpögni, csöpögni, csöpögni. A mosdókagyló alatt talált egy csavarkulcsot, és megoldotta a problémát, de most megint visszatért. Régen voltak már együtt.

Leült az ágy szélére. „Katie? Benjamin?" Nem jött válasz. Újra megpróbálta, felemelte a paplant, hogy benézzen az ágy alá. „Hallom, ahogy lélegzel." Elindult az erkély felé: „Gyere ki, gyere ki, bárhol is vagy."

FEJEZET 61

MI?

Várjatok. Miller megkérdezte magától, vajon Abe hangosan kimondta a nevüket? Közelebb tolta a fülét. Megint ott volt, az öregember szólította a gyerekeket, mintha bújócskáznának. Miller megvakarta a fejét. A hang, amit Abe használt, játékos és ismerős volt. Mintha már csinált volna ilyesmit korábban is.

Bent a szobában lépéseket hallott, majd egy ajtó kinyíló, majd becsukódó hangját. Az ajtóhoz szorította a fülét, amikor a vécé lehúzta a vizet, a csap csikorogva csikorgott, az ajtó kinyílt, és lépések haladtak át a szobán, ahol egy ágy nyikorgott. Pillanatokkal később Miller hangos horkolást hallott. Abe felesége meghalt, ő pedig szundikált.

FEJEZET 62

ÁLOM

Abe azt álmodta, hogy újra otthon van, és El-el van. Egy pillanat alatt együtt repültek az égen. A másikban együtt kanalazgattak az ágyon.

A nő a fülébe súgta: „Abe."

„Abe", suttogta Benjamin.

„Benjamin?" - mondta, miközben felállt az ágyról. Nem jött válasz.

Abe a szekrényhez sétált. Eszébe jutott Benjamin, évekkel ezelőtt, amikor először jött az otthonukba. Mindenkitől és mindentől félt, és a szekrényben való elbújásban talált vigaszt.

„Tudom, hogy odabent vagy - mondta, és kicsúsztatta az ajtót. Persze, Benjamin ott volt bent. Messze, hátul a falnak dőlve, keresztbe tett lábbal ült.

Abe végigtapogatta a falat, a villanykapcsolót kereste. Nem talált egyet sem.

„Gyere elő, Benjamin - hízelgett. „Hoztam neked csokoládét és cukorkát: a kedvenceidet." A fiú még mindig nem mozdult. Abe visszahúzódott oda, ahol az eldobható telefon töltődött. Már majdnem félúton volt. Letöltötte a zseblámpa alkalmazást. Kipróbálta, és jól működött. Úgy lopakodott be a szekrénybe, hogy a telefonja megvilágította az utat.

Benjamin kezében volt valami, egy rongyos baba. Abe célba vette a zseblámpával. Amit a kezében tartott, az nem baba volt: Katie volt az.

Közelebb lépett, egyre közelebb. Kinyújtotta a kezét, és megérintette a fiú arcát, majd a lányét - mindkettő kőkemény volt. Olyan sikolyt kiáltott, hogy a halottakat is felébresztette.

FEJEZET 63

KICK DOWN (LEFELÉ RÚGÁS)

Miller berúgta az ajtót a csizmás lábával. Most már bent volt, és kihúzta a pisztolyát a pisztolytáskából, amikor Abe kijött a szekrényből. Mint egy zombi, úgy himbálózott a padlón, majd előbb térdre, majd arccal a padlóra esett.

Miller még mindig Abe-re szegezte a fegyverét, aki úgy zokogott és nyöszörgött, mint aki elvesztette az eszét. Miller közelebb lépett, próbált rájönni, mit mond. Először nem tudta kivenni, aztán azt hallotta: - Halott. Halott. Halott."

A szekrény felé fordult, és mivel az ajtó már nyitva volt, belépett. Túl sötét volt, semmit sem látott. Kilépett, alkalmazta a fegyverén lévő taktikai zseblámpát, és visszament befelé.

FEJEZET 64

A TESTEK

A zseblámpa túl erős volt egy ilyen szűk kis térben. A sugarak visszaverődtek, és sötét árnyékokat vetettek, mielőtt meghatározták volna, hogy mi van ott. Két gyereket: Benjamin és Katie. Először azt hitte, hogy alszanak. Végigfuttatta a fényt a szemükön. Először a fiú, aztán a lány. Most már biztos volt benne. Annyiszor látta már. A két gyerek úgy nézett ki, mint a hullaházban a boncasztalon kiterített hullák.

Megérintette Katie arcát, és összerezzent: kőkemény volt. *Szegény gyerek. Úgy halt meg, hogy nem tudta, hogy igaza van az anyjával kapcsolatban.* Benjamin is fázott.

Tudta, hogy nem kellene megmozdítania őket. Nem szabadna megzavarnia végső nyughelyüket. És mégis, bár tudta, hogy jobb lenne. Bár tisztában volt vele, hogy ezzel megzavarja a bizonyítékokat, mégis megtette.

Millernek először ki kellett őket bogoznia. Benjamin átkarolta Katie-t, mintha meg akarná védeni. A lány feje a férfi vállán nyugodott. A mézillatú haja az arcát súrolta, amikor a férfi letette az ágyra. Visszament a szekrényhez, és közben egy pillantást vetett Abe-re. Az még mindig a padlón feküdt, és úgy nézett maga elé, mint egy zombi. Miller felkapta Benjamint, és lerakta az ágyra.

Abe-re pillantva, a fejét vakargatva a saját gyerekeire gondolt. Hogy történhetett ez meg? Mi köze lehetett El halálához? „Mi történt, ember?" - kérdezte Abe-től.

Abe felhúzta magát a térdére. Nem volt ereje, hogy talpra húzza magát. A feje lehorgadt, és a szeme a padlót bámulta.

Miller felkiáltott: „Mi a fene történt itt?".

Abe felzokogott, majd a szőnyegre vetette magát. Teljes arcát a szőnyegbe nyomta, mintha megnyugtató lenne számára, ahogy a durva anyagot a bőréhez szorítja.

Miller közelebb ment, így a csizmája Abe fejéhez ért. Azt suttogta: „Katie-nek igaza volt - az anyja él".

„Micsoda?" Abe válaszolt.

„Ez most már nem számít" - mondta Miller. „Meghalt. Mindketten halottak."

Abe ezúttal a homlokát a padlóba verte.

Miller töltött magának egy pohár vizet. Kiitta, de rögtön újra feljött, miközben a háttérben csöpögött a csap. Arra gondolt, hogy vizet visz Abe-nek. De nem tette.

"Állj fel, Abe - követelte Miller. Amikor felegyenesedett, Miller megrázta a vállát: "Magyarázkodj, ember".

Abe nyöszörögni és sírni kezdett. A térdére rogyott. Miller a szekrényhez ment, elővett egy takarót, és Abe vállára terítette. Igyekezett nem gondolni a gyerekekre, helyette a tennivalókra koncentrált. Fel kellett hívnia a halottkémet, és el kellett indítania a nyomozást. Miért habozott? Mire várt? Ennek semmi értelme nem volt - egyiknek sem. A gyerekek kőkemények voltak - mintha már egy ideje halottak lettek volna -, pedig El szerint nem sokáig lehettek távol. Akkor mi történt? Ki volt a felelős? El telefonált, kevés magyarázattal szolgált. "Két elhunyt gyermek: az ok ismeretlen" - mondta.

Miközben várta, hogy beszélhessen a parancsnokával, a két gyerekre pillantott az ágyon. Rémültnek tűntek - mintha halálra rémültek volna. Megrázta a fejét. Az emberek sok mindentől meg tudtak halni, de a félelemtől nem.

Miután megszakította a hívást, visszament Abe-hez. "Mi az isten szerelmére történt itt?" Felsegítette Abe-t, és a mosogató felé vezette egy pohár vízért.

Abe ivott egy kortyot, majd azt mondta: "Levegőre van szükségem!". Átsétált a szobán, és visszavágta az erkélyre vezető ajtót.

Miller a teraszajtó boltívein belül állt; attól félt, hogy öreg barátja leugrik.

Valahonnan a szobából egy gyerek zokogott.

Abe és Miller az ágy felé fordult, jól tudták, hogy a hang nem onnan jött. Mindkét férfi mozdulatlanul állt, minden érzékszervük éberen figyelt, miközben várták, hogy újra meghallják a hangot.

„Halottkém - szólalt meg egy kinti hang a kopogtatás után.

„Nyitva van - mondta Miller, amikor a csapat, köztük a helyszínelők is megérkeztek.

Miller Abe-re pillantott, aki kifejezéstelenül ült. Kék szemei még kékebbnek tűntek a kísérteties sápadtságában elrejtve.

„Mi van itt?" - kérdezte a törvényszéki csapat egyik tagja.

„Két halott gyerek" - válaszolta Miller.

A csapat nekilátott a bizonyítékok biztosításának.

Miller és Abe egymás mellett álltak, és várták a hangot: a nyöszörgő gyermek hangját.

FEJEZET 65

VAN GOGH

Abe felemelte magát, és előre lépett, úgy csóválta a fejét, mintha hallott volna valamit. Miller nem hallott semmit. Kinyitotta a száját, hogy mondjon valamit Abe-nek, de mintha transzba esett volna. Csoszogott a lábával a szőnyegen.

Abe térdre rogyott, és zokogva ejtette ki a szavakat:
- Sajnálom, Benjamin. Annyira sajnálom. Csak azt akarom, hogy itt legyél. Kérlek." A teste előrebukott, a feje a szőnyegen pihent.

Miller kétfelé változott a véleménye. Az egyik az volt, hogy megvigasztalja régi barátját, aki hallucinált. A másik az volt, hogy segítsen a csapatnak - már majdnem készen álltak arra, hogy a két gyereket hullazsákokba tegyék.

Ehelyett nem tett semmit, miközben Benjamint a zöld zsákba cipzározták. Megborzongott, amikor a cipzár becsukódásának második hangja Katie-t belevágta a csendbe.

„Álljon fel - parancsolta egy hang a semmiből.

Abe megtette, felállt, mint egy báb, akit egy bábjátékos kelt életre.

„Menj a festményhez" - utasította a hang.

Abe zombiként követte az utasításokat, és megállt a Van Gogh-nyomat előtt.

„Ne! Ne!" - kiáltotta, és a kezével eltakarta a fejét.

Miller közvetlenül mögé lépett, hogy közelebbről is megnézhesse a reprintet. Csak egy váza napraforgót látott - nem mintha mást várt volna. Amikor Abe újra beszélni kezdett, Miller arrébb húzódott.

Abe levette a kezét az arcáról, és felzokogott: - Miért? Miért? Miért? Mondd meg, miért?"

A gyerekek holttestét cipelő csapat az ajtó felé haladt. Az egyikük megkérdezte: „Kivel beszélget az öregúr?".

Válasz nélkül Miller intett neki.

Egy hang megszólalt. Egy fiú hangja, amely üregesen hangzott, mintha egy alagút belsejéből jött volna. „Tudod, hogy miért."

„Benjamin" - mondta Abe. „Szeretlek."

A csapat a hullazsákokkal megállt. Nem tudták, hogy a hang, amit hallanak, Benjaminé - a fiúé, akinek a holtteste az egyik zsákban volt, amit vittek.

„Tegyék vissza a zsákokat az ágyra - parancsolta Miller. „Nyissák ki a cipzárt abban, amiben a fiú van - MOST."

A csapat úgy tett, ahogy Miller utasította. Benjamin elfehéredett, a szeme csukva volt. Még mindig halott volt. Miller a fiú mozdulatlan arcát bámulta, amikor újra megszólalt a hangja.

"Tudod, mit tettél velem. Tudod."

"Én szerettelek téged. Még mindig szeretlek" - válaszolta Abe, és az üres levegő felé nyúlt.

"Kit szerettem? Kihez beszél, magához Van Gogh-hoz?" - kérdezte a csapat egyik tagja.

"Pszt" - felelte Miller.

"Amit mi tettünk, az szeretet volt. Mert szerettük egymást" - vallotta Abe.

Miller megrázta a fejét. Jól hallotta? Ökölbe szorította a kezét, miközben összezárta a távolságot közte és egykori barátja között.

Abe felnézett a plafonra, mintha azt hitte volna, hogy Benjamin a mennyből beszél hozzá.

"Miért kellett megölnöd magadat és Katie-t? Miért?"

"Azt tettem, amit tennem kellett."

"Hogy megbüntess engem?"

"Igen, mert ismerlek."

Miller ökölbe szorította a kezét.

"Nem értem volna hozzá" - zokogott Abe.

"Nem hiszek neked."

Abe szoborszerűen állt a festmény előtt, a szeme az ég felé meredt.

Miller a mögötte álló csapatnak mormolta a szavakat: "Innen átveszem".

Felhúzták Benjamin táskáját, és kivitték a két gyereket a szobából.

Miller úgy mozdult, hogy Abe közvetlenül előtte állt. Abe továbbra is az ég felé nézett. Az idő mintha megállt volna.

Aztán egy kés szúródott ki a festményből, és egyetlen gyors mozdulattal elvágta Abe torkát.

Néhány másodpercig Abe ugyanabban a helyzetben maradt. Az egyetlen mozgás a sebből kicsorduló vér volt. Aztán a gravitáció átvette az irányítást, és a földre zuhant, a feje eltűnt az ágytakaró alatt.

ZUHANÁS. A bekeretezett Van Gogh napraforgó festmény a padlóra zuhant. Az üveg előlap ezer darabra törve szilánkokra tört.

Miller visszahívta a csapatot. Amikor újra beléptek a szobába, a padló véres volt. „Hol van a feje?" - kérdezte az egyik.

Miller úgy beszélt, mintha ez mindennapos dolog lenne. „Az ágy alatt van."

Az egyik felhúzta a paplant, a másik benyúlt alá. Tágra nyílt szemmel gyömöszölték Abe-t a hullazsákba. Olyan gyorsan történt, hogy pislogni sem volt ideje. Felhúzták a cipzárt a hullazsákba.

„A gyerekeket ne tegyétek a közelébe - mondta Miller. Tegyétek a csomagtartóba, vagy a tetőre, bárhová - de ne a gyerekek közé."

„Persze, majd gondoskodunk róla."

FEJEZET 66

SGT. MILLER

Miller kiment az erkélyre, hogy egy kis friss levegőt szívjon. Át kellett gondolnia az egészet, mert ennek az egésznek semmi értelme nem volt. Először is ott volt El halála. Vajon tudta-e, mi történt a férjével és a nevelt gyermekével? Nem hitte, hogy tudhatta volna. El nem.

Benjamin és Katie úgy nézett ki, mintha halálra rémültek volna - de már jóval azelőtt halottak voltak, hogy Abe ideérkezett volna.

Ami Abe bántalmazását illeti a nevelt fiával, az csavaros volt. Túlságosan is, hogy belegondoljak. Nem akart arra gondolni, hogy Abe hányszor volt vendég a saját otthonában. Azokra az időkre, amelyeket Abe a saját gyerekeivel töltött.

Aztán ott volt a történtek természetfeletti aspektusa. Miller őrmester nem hitt a természetfelettiben. De látta és hallotta a hangokat. De hogyan magyarázta volna meg? Egymillió év alatt sem tudta volna megmagyarázni.

A világ megőrült.

Miller visszatért befelé, becsapta az erkélyajtót, és bezárta. Egy férfi és egy nő állt ott egy porszívóval és egy szőnyegtisztító géppel.

A nő megkérdezte: „Jó, ha elkezdem?" Millerhez, aki bólintott. A nő bekapcsolta a porszívógépet, és a férfi néhány másodpercig csak állt és hallgatta, ahogy az üveget beszippantja a fémtartály.

„Állj!" - parancsolta, miközben végighaladt a padlón. Lehajolt, és felkapott egyetlen napraforgót egy üvegdarabra.

A nő ismét visszament porszívózni, miközben Miller a szeméhez tartotta a napraforgót.

Aztán meglátta - mozgást - a napraforgó belsejében. Festékek, krómsárga, citromsárga, színek kavarogtak és forogtak, mint egy kaleidoszkóp. Érezte, hogy a szőnyeg elmozdul alatta, ahogy elejtette a napraforgót, aztán minden elsötétült, ahogy a padlóra zuhant.

FEJEZET 67

KATIE

„Benjamin - mondta Katie -, nekem nem itt a helyem. Egy hintán ült, és a férfi egyre magasabbra és magasabbra lökte, de nem túl magasra.

„Persze, hogy itt a helyed" - mondta Benjamin. Körülöttük gyerekek játszottak. Néhányan a homokozóban voltak. Mások totyogtak. Sokan baseball- és focimeccseken versenyeztek. Többen társasjátékoztak, például sakkoztak, dámáztak és golyóztak.

„Szívesen látunk itt - mondta egy Benjáminnál fiatalabb fiú Katie-nek. Farmernadrágos overallt viselt, alatta póló nélkül. Aranybarna volt, amitől szőke haja és kék szeme dominált atletikus arcán.

„Nagyon szívesen látunk itt, új húgom - mondta egy Katie-nél fiatalabb kislány. A haja gyűrűs volt, ami futás közben pattogott. Csinos volt, kék, csipkés ruhácskában, a lábán pedig fehér szandál volt.

„De én nem vagyok olyan, mint te - mondta Katie. „Én nem tartozom ide. Hallottad Miller őrmestert. Azt mondta, hogy az anyukám életben van. Valószínűleg a vízparton vár rám. Azt mondta, hogy ne mozduljak. Aggódni fog értem."

Benjamin magasabbra tolta: „Itt biztonságban leszel."

Bolyhos fűszálak suhantak át a parkon. A park belsejében a széttört Van Gogh Napraforgók című festmény. A hely, ahol az összes elfeledett gyerek élt és játszott együtt örökké.

Mert bár az üvegfront ebben a világban összetört, egy másik világban érintetlen maradt. Minden gyermek időmérő órája visszafordult, vissza.

Vissza. Arra az időre, amikor elvesztették a gyermekkorukat. Amikor arra kényszerültek, hogy felnőjenek, túl gyorsan.

A festmény belsejében a gyerekek örökre gyerekek maradtak. Van Gogh napfényes napraforgóinak biztonságában ott volt az ígéret. Egy ígéret, hogy soha többé nem bántják, bántalmazzák, ijesztgetik vagy elhanyagolják a gyerekeket.

FEJEZET 68

SGT. MILLER

A hullaházban Miller épp koporsót választott El, Katie és Benjamin - és Abe - számára. Ha tehette volna, hagyta volna, hogy az öregember a kettesbe kerüljön egy kartondobozba, de ez nem tetszett neki. Így hát négy koporsót kellett választania négy holttestnek. Valakinek meg kellett tennie.

Miller azt remélte, hogy lezárja ezt a feladatot. Még mindig Katie eltűnt anyja, Jennifer Walker járt az eszében. Valahol odakint volt - és a lánya meghalt, mert egyedül hagyta a vízparton. Micsoda tragédia. Micsoda veszteség. Mindez megelőzhető lett volna. Egy szülőnek meg kellett volna védenie a gyermekét - bármi történjék is.

Inkább saját magát tegye kockára, minthogy a gyermeknek baja essen. Mikor romlott el az egész, és miért nem vette észre?

Miller nem tudta lezárni a dolgot. Nem tudott megnyugodni.

És a zsigereiben valami mardosta. Belülről kifelé emésztette. Visszatért Juliusékhoz, remélve, hogy válaszokat talál. Az ingatlan még mindig szalaggal volt lezárva, és egy rendőr állt a bejárati ajtónál.

„Van bent valaki?" Miller megkérdezte.

„Nincs, őrmester. Azt hiszem, mára nagyjából lezárták az ügyet. Átvizsgálták az ujjlenyomatokat, és kivettek mindent, amit bizonyítékként meg akartak tartani." Az órájára nézett. „Úgy terveztem, hogy hamarosan visszamegyek az őrsre. Mindjárt vége a műszakomnak."

„Jön valaki más is, hogy éjszakára vigyázzon a helyre?" Miller megkérdezte.

„Nem hiszem."

„Akkor menjen csak - mondta Miller -, innen átveszem."

A rendőr beszállt a járőrkocsijába, és elhajtott. Miller végignézte, ahogy elhajt, majd bement a házba.

Miután bejutott, hagyta, hogy a zsigereiben marcangoló érzés elvezesse oda, ahová mennie kell. Lefelé a folyosón, végig a folyosón. Abe irodájába. Megnézte az íróasztalt: zárva. Bement a konyhába, és kivett egy kést a fiókból. Azzal feltörte az íróasztalt. Amit keresett, ott ült, szinte mintha csak rá várt volna: Abe főkönyve.

Miller átlapozta a karácsonyig vezető oldalakat, babarendelések után kutatva. Az évek során több megrendelés is volt, köztük a gyerekek fotói, a teljes címük, és a gyerekek fotói a hozzájuk illő babákkal.

Katie-ről azonban nem volt egy sem a kupacban, de meg tudta erősíteni, hogy a megrendelést leadó és a babát átvevő személy Mark Wheeler volt. Összesen hét megrendelést talált az évek során. A gyermek fotója, a baba fotója mellett. Katie-é volt az utolsó vásárlás.

Még néhány másodpercig ült Abe székében, miközben az aktákat lapozgatta. Figyelemre méltó volt egy kérelem Benjámin örökbefogadására. Ebben az állt, hogy a ház és a bolt tulajdonjogát is átvenné. Semmi sem volt véglegesítve, mivel Eln nem írta alá. Felkapta a kérelmet a főkönyvvel együtt, és kivitte őket az irodából.

Bement Katie szobájába. Egy másodpercig nem kapott levegőt. A lány hasonmás babája az ágyon ült, és őt figyelte. Várta őt. Ha az a valami lélegzett volna, nem tudta volna jobban megdöbbenteni. Képtelen volt megmozdulni, érzékei felerősödtek.

Először egy fütyülő hangot hallott. Csapkodás. Felfúvódó függönyök. A babához nyúló, szövetszerű csápok.

Megborzongott, megfordult, hogy távozzon, de nem tudott. Magába csavarta a karját.

„Jól van, jól van" - mondta senkinek. Felkapta a babát, és kivitte a szobából a konyhába. A mosogató alatt keresett egy elég nagy zacskót, amibe betuszkolhatta. Nem volt szíve beletenni egy zöld szemeteszsákba - túlságosan hasonlított egy hullazsákhoz. Ehelyett talált egy kék, átlátszó újrahasznosító zsákot, és lábbal előre beletette a babát.

Bezárta a házat, beült a kocsijába, és áthajtott a városon. Az épülethez érve a portás felismerte, így nem kellett felmutatnia a jelvényét. Még jó, hiszen egy nagy, átlátszó táskában egy babát vitt magával.

„Felviszem oda - mondta Matthew Barry, a recepciós. Bevezetett a liftbe, és fel a hetedik emeletre.

A liftben felfelé menet Miller rengeteg kérdést tett fel magának, például hogy mit csinál és miért, de nem jött válasz.

Csak annyit tudott biztosan, hogy mióta felvette a babát, enyhült az érzés, ami a zsigereiben marta. Ahogy egyre közelebb ért a szobához, az egyre inkább háttérbe szorult.

Barry elfordította a kulcsot a zárban, és BUMM, egy sziréna sikoltott - amitől az igazgató úgy érezte, hogy felrobban az agya. Szegény fickó minden gombot megnyomogatott a falon - próbálta leállítani az erőszakos hangot. Amikor semmi sem használt, befogta a fülét, végül megfordult, és sikoltozva kiment a szobából.

Millerre is hatással voltak a szirénák, de nem annyira, mint az igazgatóra. Az ágyra dőlt, a párnákkal tompította a hangot, és remélte, hogy hamarosan abbamarad. Behunyta a szemét, és elájult. Amikor magához tért, a párnák a földön hevertek, és a szobában csend volt.

Nyelt egy kis vizet, majd az arcára fröcskölt egy keveset. Észrevette, hogy a szőnyeg új volt, ezúttal plüssből. Aztán meglátott még valamit: egy új Van Gogh napraforgók című festményt, antik aranykeretbe zárva. Miközben a csap csöpögött, megvizsgálta a festményt. Nem látott semmi mozgást, aztán eszébe jutott a baba. Meglátta a műanyag zacskót az ágy mellett a földön: üres volt.

Megvakarta a fejét, megfordult, és az ajtó felé indult, és ahogy a kezét a kilincsre tette, gyermekhangok szerenádot adtak:

Köszönöm a virágokat,
Köszönöm a fákat,
Köszönöm a vízeséseket,
Köszönöm a szellőt.
Most már együtt vagyunk itt.
Szabadok vagyunk a bajtól és a fájdalomtól
Köszönöm, Miller őrmester.
Hogy újra visszajöttél.

Ezek a szavak és a dallam tovább jártak körbe-körbe a fejében. Napokig, hetekig, hónapokig, évekig.

EPILÓGUS

Miller nyugdíjba vonult, egy utolsó kéréssel a szolgálatban. Bekopogott Judy Smith ajtaján.
„Geraldhoz jöttem" - mondta.
Követte Judyt a lépcsőn felfelé: „Miller őrmester keresi önt".
A nő az ajtóban állt, miközben Miller kezet fogott Geralddal, és átnyújtotta neki a Polgári Elismerést.
„Segítettél megoldani egy ügyet" - mondta Miller.
„Csak így tovább a kiváló munkát."
„Csinálhatok egy fényképet rólatok?" Judy megkérdezte.
Miller bólintott, és Geralddal elbeszélgettek, miközben a nő lement a földszintre, majd a telefonjával a kezében visszajött.
„Mondd, hogy sajt" - mondta.
Néhány fotó után Miller elbúcsúzott, és hazafelé tartott. Remélte, hogy nyugodt éjszakát tölthet a feleségével - azt azonban nem tudta, hogy az asszony egy hatalmas meglepetés nyugdíjazási partival várta.

KÖSZÖNÖM!

Kedves olvasók! Köszönöm, hogy elolvastátok a Mindenki Gyermekét, amelynek első vázlatát a Nemzeti Regényíró Hónap alatt írtam meg, még 2013-ban.

Az első vázlat elkészült, elvégeztem néhány kisebb szerkesztést, majd elküldtem néhány bétaolvasónak, hogy lássam, hogyan lehetne javítani rajta - és hogy tetszett-e nekik. Öt olvasóból négynek (akik írótársak voltak) nem tetszett sem Katie, sem Benjamin, és azt akarták, hogy írjam át a karaktereket, hogy jobban hasonlítsanak a saját gyerekeikre stb. Elvittem őket, hogy átgondoljam őket, amíg más projekteken dolgozom.

Végül úgy döntöttem, hogy kitartok a véleményem mellett. Más szerzők úgy írhatták meg a karaktereiket, ahogyan ők akarták. Ha mindannyian ugyanúgy írnánk a karaktereinket, mi értelme lenne? Ezek az én karaktereim voltak, és ők engem választottak, hogy elmeséljem a történetüket. Úgy kellett elmesélnem a történeteiket, ahogy ők akarták, hogy meghallgassák.

Ebben a tekintetben a karaktereim és én szinkronban voltunk.

Ezért kerestem egy fejlesztő szerkesztőt, és találtam egy kiválót, akinek a segítségéért és bátorításáért mindig hálás leszek.

De a Mindenki gyermeke még nem volt kész. Új bétaolvasóknak kellett elolvasniuk, és így is lett. Ezúttal kérdéseket tettem fel nekik, és különösen a kenyérmorzsák miatt aggódtam. Vajon hagytam-e eleget az út mentén ahhoz, hogy elvezessem az olvasót a megdöbbentő végkifejlethez? Ötből egy olvasó úgy gondolta, hogy túl sokat árultam el, és megkért, hogy csökkentsem a kenyérmorzsák számát. Talán érdekelheti, hogy kezdetben rosszul tippelt, de újraolvasás után több utalást is észrevett a könyvből.

Szeretném megragadni az alkalmat, hogy megköszönjem a korrektoroknak, bétaolvasóknak, szerkesztőknek a magam és a projekt iránti elkötelezettségüket. Az Önök hozzájárulása értékes volt - akár elfogadtam a javaslataikat, akár nem. Hogy segítettetek nekem abban, hogy a Mindenki gyermeke a lehető legjobb legyen. Talán Stephen King többet is tehetett/tehetett volna/tehetett volna. De én nem vagyok Stephen King. Indie szerző vagyok, a Stratford Living Publishing egyetlen alkalmazottja és alapítója.

Köszönöm a családomnak és a barátaimnak is, akik mellettem álltak a sötétségben.

És mint mindig, jó olvasást!
Cathy

A SZERZŐRŐL

Cathy McGough többszörösen díjazott írónő a kanadai Ontario tartományban él és ír férjével, fiával, két macskájukkal és egy kutyájukkal.

SZINTÉN A

Ribby Titkát
+ Gyermek- és ifjúsági könyve

Milton Keynes UK
Ingram Content Group UK Ltd.
UKHW042003281024
450365UK00003B/144